선생님과 함께 읽는   탈출기

물음표로 찾아가는 한국단편소설 15

탈출기

선생님과
함께 읽는

서울 국어교사모임 지음 ─ 양순옥 그림

Humanist

'물음표로 찾아가는 한국단편소설' 시리즈를 펴내며

문학 교육은 아이들이 꿈을 꾸게 하기 위해 필요합니다. 그러나 요즘의 문학 교육은 참고서와 문제집을 통해서만 이루어지고 있습니다. 그래서 문학 수업은 엉뚱한 상상도 발랄한 질문도 없는 밍밍하고 지루한 시간이 되어버렸습니다. 상상의 여지가 사라지고 질문이 없는 수업은 아이들을 질리게 하고 문학을 말라 죽게 합니다. 그렇다면 어떻게 해야 문학 교육을 살릴 수 있을까요?

무엇보다 학생들이 스스로 생각을 열어 질문을 만들 수 있게 해야 합니다. 매우 상식적인 일이지만, 우리 교육 환경에서는 잘 이루어지기가 어렵습니다. 그래서 전국국어교사모임은 학생들이 스스로 생각을 열고 엉뚱한 상상과 발랄한 질문을 할 수 있는 마중물을 붓기로 했습니다. 이는 말라버린 문학뿐 아니라 아이들의 메마른 마음에도 물을 붓는 일이 될 것입니다.

교과서에 실린 의미 있는 작품을 골랐습니다 　중·고등학교 국어 교과서나 문학 교과서에 실린 단편소설 가운데 오랫동안 많은 사람들에게 널리 읽힌 작품을 골랐습니다. 교과서에 실렸다는 것은 중·고등학생들에게 유용한 작품이라는 것이고, 오래 널리 읽혔다는 것은 재미나 감동, 그리고 생각거리 면에서 어느 하나는 사람들의 마음에 들었음을 뜻하기 때문입니다.

전국의 학생들에게 물었습니다 전국에 있는 수많은 학생에게 소설을 읽혀보고, 그들이 궁금해하는 것을 모았습니다. 그러고 나서 의미 있는 질문거리들을 일정한 방식으로 배열했습니다.

현직 국어 선생님들이 물음에 답했습니다 전국의 국어 선생님 100여 분이 다양한 책과 논문을 살펴본 다음 질문에 대한 답을 했습니다. 이런 과정을 통해 보다 보편적인 작품의 의미에 접근하고자 했습니다.

교육과정과의 연관성을 고려했습니다 수업 현장에서 또는 학생 스스로 이용할 수 있도록 했습니다. '깊게 읽기'에서는 인물, 사건, 배경, 주제 등 작품과 직접 관련되는 내용을 다루었으며, '넓게 읽기'에서는 작가, 시대상, 독자 이야기 등을 살펴볼 수 있도록 했습니다.

'물음표로 찾아가는 한국단편소설' 시리즈는 다양하고 깊이 있는 생각을 이끌어낼 수 있는 소설 감상의 안내서 구실을 할 것입니다. 또한 작품에 대한 해석과 이해의 차원을 넘어서 문화적·사회적·역사적 정보를 폭넓고 다양하게 제시함으로써 문학 감상 능력을 향상시켜 줄 뿐만 아니라, 문학과 가까워질 수 있는 기회를 제공해 줄 것입니다.

전국국어교사모임

머리말

'국어'라는 교과는 글을 통해 다른 사람들의 삶을 만납니다. 글 속에서 우리는 과거의 사람들과 대화하고, 한 번도 가본 적 없는 공간을 여행하며, 그들의 세계를 이해하는 특별한 경험을 할 수 있습니다. 그곳에 바로 문학이 있습니다.

문학을 왜 공부해야 할까요? 여러 이유가 있겠지만, 가장 큰 이유는 우리와 다른 시대와 상황 속에서 살아간 사람들의 세계와 의식을 간접적으로 체험할 수 있기 때문입니다. 특히 한국 소설은 먼 이야기가 아니라 우리의 부모님, 조부모님, 그리고 그 이전의 선조들이 겪었던 삶의 조각들을 담고 있습니다. 결국 문학은 우리가 누구인지, 그리고 어디에서 왔는지 이해하게 하는 중요한 매개체입니다. 이러한 이야기들을 이해하고 공감하는 과정에서 우리는 삶의 방향과 가치를 새롭게 발견할 수 있습니다. 문학은 우리의 삶을 더 넓게 바라볼 수 있는 눈을 기르게 해줍니다.

이 책은 최서해의 〈탈출기〉를 깊이 탐구하며 그러한 문학의 힘을 함께 경험해 보고자 합니다. 〈탈출기〉는 단순히 한 개인의 고난을 그리는 이야기가 아닙니다. 작가 최서해가 직접 체험한 극한의 어려움을 바탕으로, 간도에서 이주민들이 겪어야 했던 고단한 삶, 민족적 학대와 설움, 가족을 향한 뜨거운 사랑을 그려낸 작품입니다. 하지만 이 작품이 진정으로 의미 있는 이유는 단지 개인적 고난에 머무르지 않고, 이를 통해 시대의 문제를 자각하고 극복하려는 과정을 보여준다는 점입니다.

이 책은 학생들이 〈탈출기〉 속에 담긴 깊은 의미를 쉽게 이해할 수 있도록 구성되었습니다. 선생님들은 학생들이 궁금해할 법한 질문들을 중심으로 작품의 핵심적인 요소들을 설명합니다. 등장인물의 내면을 들여다보고, 그들이 처한 시대적 배경과 상황을 분석하며, 작품 속에 숨겨진 메시지를 함께 찾아가도록 돕습니다. 또한 최서해의 삶과 생애, 그리고 그의 사상이 작품 속에 어떻게 스며들어 있는지 살펴보며, 작품을 더 깊이 이해할 수 있는 시각을 제공합니다.

문학을 읽는다는 것은 타인의 삶을 이해하는 동시에 나 자신을 돌아보는 일입니다. 〈탈출기〉에 담긴 인물들의 극적인 삶을 통해 여러분은 '나는 어떤 삶을 살아야 할까?'라는 질문을 던지게 될 것입니다. 선조들의 고난과 그 속에서 피어난 희망을 보며, 우리는 오늘을 살아갈 힘과 내일을 열어갈 용기를 얻을 수 있을 것입니다.

이 책은 단순히 작품 해설서가 아닙니다. 선생님들과 함께하는 문학 여행의 동반자로서 〈탈출기〉 속에 담긴 삶의 이야기를 탐구하며, 성장기 학생들이 더 나은 삶과 더 나은 역사를 만들어나갈 수 있는 영감을 얻길 바라는 마음으로 만들었습니다. 소설을 읽는 과정에서 시대를 돌아보고, 더 나은 내일을 꿈꾸는 시간을 가지길 바랍니다.

이 책이 여러분에게 문학의 아름다움을 느끼게 하고, 삶의 큰 그림을 그릴 수 있는 도구가 되면 좋겠습니다. 이 여행이 여러분의 꿈과 희망을 키워가는 데 따뜻한 길잡이가 되기를 진심으로 바랍니다.

김재우, 윤혜경, 이경수, 임정현

차례

깊게 읽기 묻고 답하며 읽는 〈탈출기〉

1_ 간도로 떠난 사람들

2_ 가난의 굴레를 벗어나는 길

탈출기

최서해

1

김 군! 수삼차 편지는 반갑게 받았다. 그러나 한 번도 회답치 못하였다. 물론 군의 충정에는 나도 감사를 드리지만, 그 충정을 나는 받을 수 없다.

> 박 군! 나는 군의 탈가(脫家)를 찬성할 수 없다. 음험한 이역에 늙은 어머니와 어린 처자를 버리고 나선 군의 행동을 나는 찬성할 수 없다. 박 군! 돌아가라. 어서 집으로 돌아가라. 군의 부모와 처자가 이역 노두에서 방황하는 것을 나는 눈앞에 보는 듯싶다. 그네들의 의지할 곳은 오직 군의 품밖에 없다. 군은 그네들을 구하여야 할 것이다.
> 군은 군의 가정에서 동량(棟樑)이다. 동량이 없는 집이 어디 있으랴? 조그마한 고통으로 집을 버리고 나선다는 것이, 의지가 굳다는 박 군으로서는 너무도 박약한 소위이다. 군은 ××단에 몸을 던져 ×선에 섰다는 말을 일전 황 군에게서 듣기는 하였으나, 그렇다 하여도 나는 그

것을 시인할 수 없다. 가족을 못 살리는 힘으로 어찌 사회를 건지랴.

박 군! 나는 군이 돌아가기를 충정으로 바란다. 군의 가족이 사람들 발 아래서 짓밟히는 것을 생각할 때, 군의 가슴인들 어찌 편하랴……

김 군! 군은 이러한 말을 편지마다 썼지? 군의 뜻을 잘 알았다. 사랑하는 나의 가족을 위하여 동정하여 주는 군에게 어찌 감사치 않으랴? 정다운 벗의 충고에 나는 늘 울었다. 그러나 그 충고를 들을 수 없다. 듣지 않는 것이 군에게는 고통이 될는지? 분노가 될는지? 나에게 있어서는 행복일는지도 알 수 없는 까닭이다.

김 군! 나도 사람이다. 정애(情愛)가 있는 사람이다. 나의 목숨 같은 내 가족이 유린 받는 것을 내 어찌 생각지 않으랴? 나의 고통을 제삼자로서는 만분의 일이라도 느낄 수 없는 것이다. 나는 이제 나의 탈가한 이유를 군에게 말하고자 한다. 여기에 대하여 동정과 비난은 군의 자유이다. 나는 다만 이러하다는 것을 군에게 알릴 뿐이다. 나는 이것을 군이 아니면 다른 사람에게라도 알리지 않고는 견딜 수 없는 충동을 받는 까닭이다.

그러나 나는 단언한다. 군도 사람이어니 나의 말하는 것을 부인치는 못하리라.

2

김 군! 내가 고향을 떠난 것은 5년 전이다. 이것은 군도 아는 사실이다. 나는 그때에 어머니와 아내를 데리고 떠났다. 내가 고향을 떠나 간도로 간 것은 너무도 절박한 생활에 시들은 몸에 새 힘을 얻을까

하여, 새 희망을 품고 새 세계를 동경하여 떠난 것도 군이 아는 사실이다.

'간도는 천부금탕이다. 기름진 땅이 흔하여 어디를 가든지 농사를 지을 수 있고, 농사를 지으면 쌀도 흔할 것이다. 삼림이 많으니 나무 걱정이 될 것이 없다. 농사를 지어서 배불리 먹고 뜨뜻이 지내자. 그리고 깨끗한 초가나 지어놓고 글도 읽고 무지한 농민들을 가르쳐서 이상촌(理想村)을 건설하리라. 이렇게 하면 간도의 황무지를 개척할 수 있다.'

이것이 간도 갈 때의 내 머릿속에 그리었던 이상이었다. 이때에 나는 얼마나 기뻤으랴! 두만강을 건너고 오랑캐령을 넘어서 망망한 평야와 산천을 바라볼 때, 청춘의 내 가슴은 이상의 불길에 탔다. 구수한 내 소리와 헌헌한 내 행동에 어머니와 아내도 기뻐하였다. 오랑캐령을 올라서니 서북으로 쏠려 오는 봄 세찬 바람이 어떻게 뺨을 갈기는지,

"에그 춥구나! 여기는 아직도 겨울이군."

하고 어머니는 수레 위에서 이불을 뒤집어썼다.

"무얼요. 이 바람을 많이 마셔야 성공이 올 것입니다."

나는 가장 씩씩하게 말하였다. 이처럼 나는 기쁘고 활기로왔다.

3

김 군! 그러나 나의 이상은 물거품으로 돌아갔다. 간도에 들어서서
한 달이 못 되어서부터 거친 물결은 우리 세 생령의 앞에 기탄없이
몰려왔다.

나는 농사를 지으려고 밭을 구하였다. 빈 땅은 없었다. 돈을 주고
사기 전에는 한 평의 땅이나마 손에 넣을 수 없었다. 그렇지 않으면
지나인(支那人)의 밭을 도조나 타조로 얻어야 한다. 1년 내 중국 사
람에게서 양식을 꾸어 먹고 도조나 타조를 얻는대야 1년 양식 빚도
못 될 것이고, 또 나 같은 시로도에게는 밭을 주지 않았다.

생소한 산천이요 생소한 사람들이니, 어디 가 어쩌면 좋을는지 의논할 사람도 없었다. H라는 촌 거리에 셋방을 얻어가지고 어름어름하는 새에 보름이 지나고 한 달이 넘었다. 그새에 몇 푼 남았던 돈은 다 불려먹고 밭은 고사하고 일자리도 못 얻었다. 나는 팔을 걷고 나섰다. 이리저리 돌아다니면서 구들도 고쳐주고 가마도 붙여주었다. 이리하여 호구하게 되었다. 이때 장에서는 나를 '온돌장이(구들 고치는 사람)'라고 불렀다. 갈아입을 의복이 없는 나는 늘 숯검정이 꺼멓게 묻은 의복을 벗을 새가 없었다.

H장은 좁은 곳이다. 구들 고치는 일도 늘 있지 않았다. 그것으로 밥 먹기가 어려웠다. 나는 여름 불볕에 삯김도 매고 꼴도 베어 팔았다. 그리고 어머니와 아내는 삯방아 찧고 강가에 나가서 부스러진 나뭇개비를 주워서 겨우 연명하였다.

김 군! 나는 이때부터 비로소 무서운 인간고(人間苦)를 느꼈다. '아아, 인생이란 과연 이렇게도 괴로운 것인가?' 하는 것을 나는 생각하게 되었다. 나는 나에게 닥치는 풍파 때문에 눈물 흘릴 일은 이때까지 없었다. 그러나 어머니가 나무를 줍고 젊은 아내가 삯방아를 찧을 때, 나의 피는 끓었으며 나의 눈은 눈물에 흐려졌다.

"에구, 차라리 내가 드러누워 앓고 있지, 네 괴로워하는 꼴은 차마 못 보겠다."

이것은 언제 내가 병들어 신음할 때에 어머니가 울면서 하신 말씀이다. 이것을 무심히 들었던 나는 이때에야 이 말의 참뜻을 느꼈다.

"아아, 차라리 나의 고기가 찢어지고 뼈가 부서지는 것은 참을 수 있으나, 내 눈앞에서 사랑하는 늙은 어머니와 아내가 배를 주리고 남의 멸시를 받는 것은 참으로 견디기 어렵구나."

나는 이렇게 여러 번 가슴을 쳤다. 나는 밤이나 낮이나, 비 오나 바람이 치나 헤아리지 않고 삯김, 삯심부름, 삯나무 무엇이든지 가리지 않았다.

"오늘도 배고프겠구나, 아침도 변변히 못 먹고……. 나는 너 배 주리지 않는 것을 보았으면 죽어도 눈을 감겠다."

내가 삯일을 하다가 늦게 돌아오면 어머니는 우실 듯이 말씀하셨다. 그러나 나는 흔연하게,

"배는 무슨 배가 고파요?"

하고 대답하였다.

내 아내는 늘 별말이 없었다. 무슨 일이든지 시키는 대로 다소곳하고 아무 소리 없이 순종하였다. 나는 그것이 더욱 불쌍하게 생각된다. 나는 어머니보다도 아내 보기가 퍽 부끄러웠다.

"경제의 자립도 못 되는 내가 왜 장가를 들었누?"

이것이 부모의 한 일이었지만, 나는 이렇게도 탄식하였다. 그럴수록 아내에게 대하여 황공하였고 존경하였다.

어떻게 하면 살 수 있을까? 이러한 생각은 이때 내 머리를 몹시 때렸다. 이때 나에게 '부지런한 자에게 복이 온다.' 하는 말이 거짓말로 생각되었다. 그 말을 지상의 격언으로 굳게 믿어온 나는 그 말에 도리어 일종의 의심을 품게 되었고, 나중은 부인까지 하게 되었다.

부지런하다면 이때 우리처럼 부지런함이 어디 있으며, 정직하다면 이때 우리 식구같이 정직함이 어디 있으랴? 그러나 빈곤은 날로 심

하였다. 이틀 사흘 굶은 적도 한두 번이 아니었다. 한번은 이틀이나 굶고 일자리를 찾다가 집으로 들어가 보니, 부엌 앞에서 아내가(아내는 이때에 아이를 배어서 배가 남산만 하였다.) 무엇을 먹다가 깜짝 놀란다. 그리고 손에 쥐었던 것을 얼른 아궁이에 집어넣는다. 이때 불쾌한 감정이 내 가슴에 떠올랐다.

'무얼 먹을까? 어디서 무엇을 얻었을까? 무엇이길래 어머니와 나 몰래 먹누? 아! 여편네란 그런 것이로구나! 아니 그러나 설마……그래도 무엇을 먹던데…….'

나는 이렇게 아내를 의심도 하고 원망도 하고 밉게도 생각하였다. 아내는 아무런 말 없이 어색하게 머리를 숙이고 앉아 씩씩하다가 밖으로 나간다. 그 얼굴은 좀 붉었다.

아내가 나간 뒤에 아내가 먹다 던진 것을 찾으려고 아궁이를 뒤지었다. 싸늘하게 식은 재를 막대기에 뒤져 내니 벌건 것이 눈에 띄었다. 나는 그것을 집었다. 그것은 귤껍질이다. 거기는 베먹은 잇자국이 났다. 귤껍질을 쥔 나의 손은 떨리고, 잇자국을 보는 내 눈에는 눈물이 괴었다.

김 군! 이때 나의 감정을 어떻게 표현하면 적당할까?

'오죽 먹고 싶었으면 길바닥에 내던진 귤껍질을 주워 먹을까? 더욱 몸 비잖은 그가! 아아, 나는 사람이 아니다. 그러한 아내를 나는 의심하였구나! 이놈이 어찌하여 그러한 아내에게 불평을 품었는가! 나 같은 잔악한 놈이 어디 있으랴. 내가 양심이 부끄러워서 무슨 면목으로 아내를 볼까…….'

이렇게 생각하면서 나는 느껴가며 눈물을 흘렸다. 귤껍질을 쥔 채

로 이를 악물고 울었다.

"야, 어째서 우느냐? 일어나거라. 우리도 살 때 있겠지, 늘 이러겠느냐?"

하면서 누가 어깨를 친다. 나는 그것이 어머니인 것을 알았다.

"아이구 어머니, 나는 불효자외다."

하면서 어머니의 팔을 안고 자꾸자꾸 울고 싶었다. 그러나 나는 아무 소리 없이 가슴을 부둥켜안고 밖으로 나갔다.

'내가 왜 우나? 울기만 하면 무엇 하나? 살자! 살자! 어떻게든지 살아보자! 내 어머니와 아내도 살아야 하겠다. 이 목숨이 있는 때까지는 벌어보자!'

나는 이를 갈고 주먹을 쥐었다. 그러나 눈물은 여전히 흘렀다. 아내는 말없이 울고 섰는 내 곁에 와서 손으로 치마끈을 만적거리며 눈물을 떨어뜨린다. 농삿집에서 자라난 아내는 지금도 어찌 수줍은지, 내가 울면 같이 울기는 하여도 어떻게 말로 위로할 줄은 모른다.

4

김 군! 세월은 우리를 위하여 여름을 항시 주지는 않았다.

서풍이 불고 서리가 내리기 시작하였다. 찬 기운은 벗은 우리를 위협하였다. 가을부터 나는 대구어(大口魚) 장사를 하였다. 3원을 주고 대구 열 마리를 사서 등에 지고 산골로 다니면서 콩(大豆)과 바꾸었다. 난 대구 열 마리는 등에 질 수 있었으나 대구 열 마리를 주고 받은 콩 열 말은 질 수 없었다. 나는 하는 수 없이 삼사십 리나 되는 곳에서 두 말씩 두 말씩 사흘 동안이나 져 왔다. 우리는 열 말

20

되는 콩을 자본 삼아 두부 장사를 시작하였다.

아내와 나는 진종일 맷돌질을 하였다. 무거운 맷돌을 돌리고 나면 팔이 뚝 떨어지는 듯하였다.

내가 이렇게 괴로울 적에, 해산한 지 며칠 안 되는 아내의 괴로움이야 어떠하였으랴? 그는 늘 낯이 부석부석하였다. 그래도 나는 무슨 불평이 있는 때면 아내를 욕하였다. 그러나 욕한 뒤에는 곧 후회하였었다. 콧구멍만 한 부엌방에 가마를 걸고 맷돌을 놓고 나무를 들이고 의복가지를 걸고 하면, 사람은 겨우 비비고 들어앉게 된다. 뜬김에 문창은 떨어지고 벽은 눅눅하다. 모든 것이 후줄근하여 의복을 입은 채 미지근한 물 속에 들어앉은 듯하였다. 어떤 때는 애써 갈아놓은 비지가 이 뜬김 속에서 쉬어버렸다. 두붓물이 가마에서 몹시 끓어 번질 때에 우윳빛 같은 두붓물 위에 버터빛 같은 노란 기름이 엉기면(그것은 두부가 잘될 징조다.) 우리는 안심한다.

그러나 두붓물이 희멀끔해지고 기름기가 돌지 않으면 거기만 시선을 쏘고 있는 아내의 낯빛부터 글러가기 시작한다. 초를 쳐보아서 두붓발이 서지 않게 매캐지근하게 풀려질 때에는 우리의 가슴은 덜컥한다.

"또 쉰 게로구나! 저를 어쩌누?"

젖을 달라고 빽빽 우는 어린아이를 안고 서서 두붓물만 들여다보시는 어머니는 목멘 말씀을 하시면서 우신다. 이렇게 되면 온 집안은 신산하여 말할 수 없는 울음, 비통, 처참, 소조(蕭條)한 분위기에 싸인다.

"너 고생한 게 애닯구나! 팔이 부러지게 갈아서…… 그거(두부)를 팔아서 장을 보려고 태산같이 바랐더니…….”

어머니는 그저 가슴을 뜯으면서 우신다. 아내도 울 듯 울 듯 머리를 숙인다. 그 두부를 판대야 큰돈은 못 된다. 기껏 남는대야 20전이나 30전이다. 그것으로 우리는 호구를 한다. 20전이나 30전에 어머니는 운다. 아내도 기운이 준다. 나까지 가슴이 바짝바짝 졸인다.

그날은 하는 수 없이 쉰 두붓물로 때를 메우고 지낸다. 아이는 젖을 달라고 밤새껏 빽빽거린다. 우리의 살림에 어린애도 귀치는 않았다.

5

울면서 겨자 먹기로, 괴로운 대로 또 두부를 하지 않으면 안 된다. 그러나 이번에는 땔나무가 없다. 나는 낫을 들고 떠난다. 내가 낫을 들고 떠나면 산후 여독으로 신음하는 아내도 낫을 들고 말없이 나를 따라나선다. 어머니와 나는 굳이 만류하나 아내는 듣지 않는다. 내 손으로 하는 나무이건만 마음 놓고는 못 한다. 산 임자에게 들키면 여간한 경을 치지 않는다. 그러므로 우리는 황혼이면 산에 가서 나무를 하여 지고 밤이 깊어서 돌아온다. 아내는 이고 나는 지고 캄캄한 밤에 산비탈로 내려오다가 발이 미끄러지거나 돌에 차이면 곤두박질을 하여 나뭇짐 속에 든다. 아내는 소리 없이 이었던 나무를 내려놓고 나뭇짐에 눌려서 버둑거리는 나를 겨우 끄집어 일으킨다. 그러나 내가 나뭇짐을 지고 일어나면 아내는 혼자 나뭇짐을 이지 못한다. 또 내가 나뭇짐을 벗고 아내에게 이어주면 나는 추어주는 이 없이는 나뭇짐을 질 수가 없었다. 하는 수 없이 나는 어떤 높은 바위에 벗어놓고 아내에게 이어준다. 이리하여 산비탈을 내려오면, 언제 왔는지 어머니는 애를 업고 우둘우둘 떨면서 산 아래서 기다리다가도,

"인제 오니? 나는 너 또 붙들리지나 않는가 하여 혼이 났다."

하신다. 이때마다 내 가슴은 저렸다. 나는 이렇게 나무를 하다가 중국 경찰서까지 잡혀가서 여러 번 맞았다.

이때 이웃에서는 우리를 조소하고 경찰에서는 우리를 의심하였다.

"흥, 신수가 멀쩡한 연놈들이 그 꼴이야? 어디 가 일자리도 구하지 않고. 그 눈이 누래서 두부 장사하는 꼬락서니는 참 더러워서 못 보겠네. ×알을 달고 나서 그렇게야 살리……."

이것은 이웃 남녀가 비웃는 소리였다. 그리고 어떤 산 임자가 나무 잃고 고발을 하면 경찰서에서는 불문곡직하고 우리 집부터 수색하고 질문하면서 나를 때린다. 그러나 나는 호소할 곳이 없다.

6

김 군! 이러구러 겨울은 점점 깊어가고 기한은 점점 박두하였다. 일 자리는 없고…… 그렇다고 손을 털고 앉았을 수도 없었다. 모든 식구가 퍼러퍼레서 굶고 앉은 꼴을 나는 그저 볼 수 없었다. 시퍼런 칼이라도 들고 하루라도 괴로운 생을 모면하도록 쿡쿡 찔러 없애고 나까지 없어지든지, 나가서 강도질이라도 하여서 기한을 면하든지 하는 수밖에는 더 도리가 없게 절박하였다.

나는 일이 없으면 없느니만큼, 고통이 닥치면 닥치느니만큼 내 번민은 크다. 나는 어떤 날은 거의 얼빠진 사람처럼 눈을 감고 깊은 생각에 잠긴 일도 있었다. 이때 머릿속에서는 머리를 움실움실 드는 사상이 있었다. (오늘날에 생각하면 그것은 나의 전 운명을 결정할 사상이었다.)

그 생각은 누구의 가르침에 의해 일어난 것도 아니려니와 일부러 일으키려고 애써서 일어난 것도 아니다. 봄 풀싹같이 내 머릿속에서 점점 머리를 들었다.

나는 여태까지 세상에 대하여 충실하였다. 어디까지든지 충실하려고 하였다. 내 어머니, 내 아내까지도 뼈가 부서지고 고기가 찢기더라도 충실한 노력으로써 살려고 하였다. 그러나 세상은 우리를 속였다. 우리의 충실을 받지 않았다. 도리어 충실한 우리를 모욕하고 멸시하고 학대하였다.

우리는 여태까지 속아 살았다. 포악하고 허위스럽고 요사한 무리를 용납하고 옹호하는 세상인 것을 참으로 몰랐다. 우리뿐 아니라 세상의 모든 사람들도 그것을 의식치 못하였을 것이다. 그네들은 그

24

러한 세상의 분위기에 취하였었다. 나도 이때까지 취하였었다. 우리는 우리로서 살아온 것이 아니라 어떤 험악한 제도의 희생자로서 살아왔었다…….

김 군! 나는 사람들을 원망치 않는다. 그러나 마주(魔酒)에 취하여 자기의 피를 짜 바치면서도 깨지 못하는 사람을 그저 볼 수 없다. 허위와 요사와 표독과 게으른 자를 옹호하고 용납하는 이 제도는 더욱 그저 둘 수 없다.

이 분위기 속에서는 아무리 노력하여도 우리는 우리의 생의 만족을 느낄 날이 없을 것이다. 어찌하여 겨우 연명을 한다 하더라도 죽지 못하는 삶이 될 것이요, 그 영향은 자식에게까지 미칠 것이다. 나는 어미 품속에서 빽빽 하는 어린것의 장래를 생각할 때면 애잡짤한 감정과 분함을 금할 수 없다. 내가 늘 이 상태면(그것은 거의 정한 이치다.) 그에게는 상당한 교양은 고사하고 다리 밑이나 남의 집 문간에 버리게 될 터이니, 아! 삶을 받을 만한 생명을 죄없이 찌그러지게 하는 것이 어찌 애닯지 않으랴? 그렇다면 그것을 나의 죄라 할까?

김 군! 나는 더 참을 수 없었다. 나는 나부터 살려고 한다. 이때까지는 최면술에 걸린 송장이었다. 제가 죽은 송장으로 남(식구)들을 어찌 살리랴. 그러려면 나는 나에게 최면술을 걸려는 무리를, 험악한 이 공기의 원류를 쳐부수어야 하는 것이다.

나는 이것을 인간의 생의 충동이며 확충이라고 본다. 나는 여기서 무상의 법열을 느끼려고 한다. 아니 벌써부터 느껴진다. 이 사상이 나로 하여금 집을 탈출케 하였으며, ××단에 가입케 하였으며,

비바람 밤낮을 헤아리지 않고 벼랑 끝보다 더 험한 ×선에 서게 한 것이다.

김 군! 거듭 말한다. 나도 사람이다. 양심을 가진 사람이다. 내가 떠나는 날부터 식구들은 더욱 곤경에 들 줄도 나는 안다. 자칫하면 눈 속이나 어느 구렁에서 죽는 줄도 모르게 굶어 죽을 줄도 나는 잘 안다. 그러므로 나는 이곳에서도 남의 집 행랑어멈이나 아범이며, 노두에 방황하는 거지를 무심히 보지 않는다.

아! 나의 식구도 그럴 것을 생각할 때면 자연히 흐르는 눈물과 뿌직뿌직 찢기는 가슴을 덮쳐잡는다.

그러나 나는 이를 갈고 주먹을 쥔다. 눈물을 아니 흘리려고 하며 비애에 상하지 않으려고 한다. 울기에는 너무도 때가 늦었으며, 비애에 상하는 것은 우리의 박약을 너무도 표시하는 듯싶다. 어떠한 고통이든지 참고 분투하려고 한다.

김 군! 이것이 나의 탈가한 이유를 대략 적은 것이다. 나는 나의 목적을 이루기 전에는 내 식구에게 편지도 하지 않으려고 한다. 그네가 죽어도, 내가 또 죽어도…….

나는 이러다가 성공 없이 죽는다 하더라도 원한이 없겠다. 이 시대, 이 민중의 의무를 이행한 까닭이다.

아아, 김 군아! 말을 다 하였으나 정은 그저 가슴에 넘치는구나!

가마 가마솥. 무쇠로 만든 아주 큰 솥.

간도 중국 길림성의 동남부 지역. 두만강 유역의 동간도와 압록강 유역의 서간도를 통틀어
이른다. 일제강점기에 우리나라 사람이 많이 살았다.

격언 오랜 역사적 생활 체험을 통하여 이루어진 인생에 대한 교훈이나 경계 따위를 간결하
게 표현한 짧은 글.

경을 치다 호된 꾸지람이나 나무람을 듣거나 벌을 받다.

고기 '사람의 살'을 속되게 이르는 말.

고사하고 말할 것도 없고.

구들 아궁이에 불을 때서 바닥을 덮이고, 그 연기가 굴뚝으로 빠져나가게 하는 우리나라
의 전통 난방 시스템.

귀치않다 귀찮다. 마음에 들지 아니하고 괴롭거나 성가시다.

그르다 어떤 상태나 조건이 좋지 아니하게 되다.

기탄없이 어려움이나 거리낌이 없이.

기한 굶주리고 헐벗어 배고프고 추움.

꼴 말이나 소에게 먹이는 풀.

노두 길거리.

덮쳐잡다 억눌러 마음을 가라앉히다.

도조 남의 논밭을 빌려서 부치고 논밭을 빌린 대가로 해마다 내는 벼.

동량 기둥과 들보. 집안이나 나라를 떠받치는 중대한 일을 맡을 만한 인재를 이르는 말.

두붓발 두붓물이 엉겨서 순두부가 되는 상태.

때를 메우다 끼니를 때우다.

뜬김 서려 오르는 뜨거운 김.

마주 정신을 흐리게 하는 술.

만류하다 붙들고 못 하게 말리다.

만적거리다 자꾸 만지작만지작하다.

매캐지근하다 매캐하다. '연기나 곰팡이 따위의 냄새가 약간 맵고 싸하다.'라는 뜻. '-지근
하다'는 '어떠한 듯하다' 혹은 '그러한 것에 가깝다'라는 뜻을 지닌 표현.

몸 비잖다 몸이 비지 않다. '아이를 배다'라는 뜻.

무상 모든 집착을 떠난 경지.

문창 ① 문과 창문을 아울러 이르는 말. ② 주로 문을 바르는 데 쓰는 얇은 종이. 여기서는
②의 뜻.

박두하다 가까이 닥쳐오다.

박약하다 의지나 체력 따위가 굳세지 못하고 여리다.

버둑거리다 버둥거리다. 자빠지거나 주저앉았거나 매달려서 팔다리를 크게 휘저으며 마구 몸을 움직이다.

법열 참된 이치를 깨달았을 때 느끼는 황홀한 기쁨.

번번히 제대로 갖추어져 충분하게.

분투하다 있는 힘을 다하여 싸우거나 노력하다.

불려먹다 날려먹다. 까먹다. 털어먹다.

불문곡직하다 옳고 그름을 따지지 아니하다.

비지 콩을 불려 갈아서 끓인 음식.

사람이어니 사람이거니. '-거니'는 이미 정해진 어떤 사실을 인정하면서 그것이 다른 사실의 전제나 조건이 됨을 나타내는 연결어미.

삯김 삯(일한 대가로 받는 돈이나 물건)을 받고 남의 논밭의 김을 매어주는 일.

생령 '살아 있는 넋'이라는 뜻으로, '생명'을 이르는 말.

소위 소행이나 행동.

소조하다 고요하고 쓸쓸하다. 적막하다.

수삼차 두서너 차례. 여러 차례.

시로도 '경험이 없는 미숙한 사람, 비전문가, 초심자, 풋내기, 문외한' 등을 뜻하는 일본어.

시인하다 어떤 내용이나 사실이 옳거나 그러하다고 인정하다.

신산하다 ① 맛이 맵고 시다. ② (비유적으로) 세상살이가 힘들고 고생스럽다. 여기서는 ②의 뜻.

신수 드러나 보이는 사람의 겉모양.

씩씩하다 숨을 매우 가쁘고 거칠게 쉬는 소리가 나다. 또는 그런 소리를 내다.

애잡짤하다 가슴이 미어지듯 안타깝다. 안타까워서 애(마음속)가 타는 듯하다.

어름어름하다 말이나 행동을 똑똑하게 분명히 하지 못하고 자꾸 우물쭈물하다.

여간하다 이만저만하거나 어지간하다.

여독 ① 채 풀리지 않고 남아 있는 독기. ② 뒤에까지 남아 있는 해로운 요소.

연명하다 목숨을 겨우 이어 살아가다.

오랑캐령 두만강을 사이에 두고 함경북도 회령으로부터 중국 길림성으로 들어가는 길목에 있는 고개.

요사 요망하고 간사함.

울며 겨자 먹기 맵다고 울면서도 겨자를 먹는다는 뜻으로, 싫은 일을 억지로 마지못해 하는 것을 비유적으로 이르는 말.

원류 어떤 사건이나 현상 따위가 비롯되는 원천.

유린 남의 권리나 인격을 짓밟음.

음험하다 음산하고 험악하다.

의복가지 몇 가지의 옷. 또는 몇 벌의 옷.

이역 다른 나라의 땅. 고향이 아닌 딴 곳.

인간고 사람이 세상살이에서 받는 고통.

잔악하다 잔인하고 악하다.

정애 따뜻한 사랑.

조소하다 흉을 보듯이 빈정거리거나 업신여기다. 또는 그렇게 웃다.

졸이다 속을 태우다시피 초조해하다.

지나인 중국 국적의 한족, 몽골족, 터키족, 티베트족, 만주족 따위를 통틀어 이르는 말.

진종일 하루 종일. 아침부터 저녁까지 내내.

천부금탕 '천부(天府)'는 '땅이 매우 기름져 온갖 산물이 많이 나는 땅'을 가리키고, '금탕'은 '금성탕지(金城湯池)'의 준말로 '쇠로 만든 성과 그 둘레에 파놓은 뜨거운 물로 가득 찬 못이라는 뜻으로, 방어 시설이 잘되어 있는 성을 이르는 말'이다.

추다 업거나 지거나 한 것을 치밀어서 올리다.

타조 조선시대에, 수확량의 비율을 정해놓고 소작료를 거두어들이던 소작 제도.

탈가 일정한 조건이나 환경, 구속 따위에서 벗어나기 위하여 자기 집에서 나감.

퍼러퍼렇다 춥거나 겁에 질려 얼굴이나 입술 따위가 몹시 푸르께하다.

표독 사납고 악랄함.

풍파 세찬 바람과 험한 물결. 세상살이의 어려움이나 고통.

해산하다 아이를 낳다.

행랑어멈, 행랑아범 행랑살이(남의 행랑에 살면서 대가로 그 집의 심부름이나 궂은일을 해주며 사는 일)를 하는 나이 든 여자 하인과 남자 하인.

허위스럽다 실속 없이 가식적이고 겉치레가 있다.

헌헌하다 풍채가 당당하고 빼어나다.

호구하다 겨우 끼니를 이어 가다. '입에 풀칠을 한다'는 뜻에서 나온 말.

후줄근하다 옷이나 종이 따위가 약간 젖거나 풀기가 빠져 보기 흉하게 축 늘어져 있다.

흔연하다 기쁘거나 반가워 기분이 좋다.

묻고 답하며 읽는
〈탈출기〉

배경

인물·사건

작품

주제

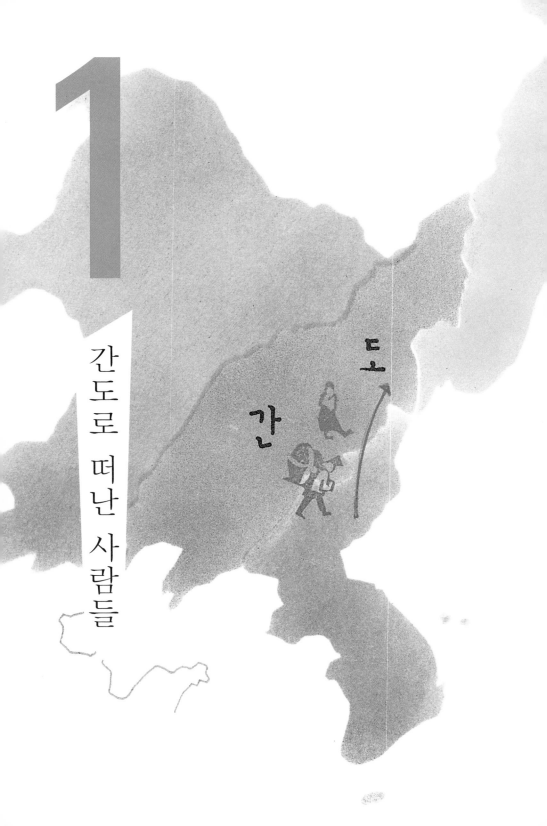

1

간도로 떠난 사람들

박 군은 왜 고향을 떠나 간도로 갔나요?

김 군! 내가 고향을 떠난 것은 5년 전이다. 이것은 군도 아는 사실이다. 나는 그때에 어머니와 아내를 데리고 떠났다. (중략)
두만강을 건너고 오랑캐령을 넘어서 망망한 평야와 산천을 바라볼 때, 청춘의 내 가슴은 이상의 불길에 탔다.

1920년대 어느 봄, 한 조선인 가족이 두만강을 건너 오랑캐령을 넘습니다. 가장인 박 군은 어머니와 아내를 데리고 강을 건너 높은 봉우리에 올라 중국 땅을 내려다보는데, 과연 소문대로 드넓었지요.

간도(間島)는 바다에 있는 섬이 아니고 큰 강의 하류에 형성된 섬을 가리키는 말이었다고 해요. 우리나라와 중국의 국경 지대에 있는 압록강과 두만강은 아주 큰 강인데, 이 강 가운데 퇴적물들이 쌓여 생성된 곳을 '간도(사잇섬)'라고 불렀지요. 처음에는 두만강 사이 감자를 심던 모래톱을 가리키는 말이었다가 세월이 흐르면서 점점 공간이 확장되어 지금은 압록강 북쪽과 두만강 북쪽 지역을 두루 포함하는 명칭이 되었답니다.

박 군은 간도에 가면 기름진 땅이 흔해서 어디를 가든 농사를 지어 배불리 먹을 수 있다고 들었어요. 그러니까 누구든 열심히 노력하

土地調査

토지조사사업

면 지긋지긋한 가난에서 벗어날 수 있다고 생각한 것이죠. 박 군 가족은 그런 희망을 품고 간도로 향한 것입니다.

> 깨끗한 초가나 지어놓고 글도 읽고 무지한 농민들을 가르쳐서 이상촌(理想村)을 건설하리라.

이 소설의 주인공 박 군은 교육자로서의 꿈도 지니고 있습니다. 무지한 농민들을 가르쳐서 더 나은 세상을 만들고 싶다는 야무진 꿈도 꾸고 있었네요. 이렇게 설레는 마음과 새로운 삶에 대한 의욕을 품은 채 고향을 떠나왔을 거예요. 이는 비단 박 군의 가족들만 그런 것은 아니었을 겁니다.

그런데 왜 조선인들은 고향을 떠날 수밖에 없었을까요? 소설을 통해 추측해 보면, 우선 이들은 생활고에 시달리는 사람들이었습니다. 대대로 태어난 고향 땅에서 농사를 짓고 살던 사람들이 이렇게 노동력을 팔아서 살 수밖에 없는 처지로 바뀌게 된 이유는 1910년대부터 일제가 시행한 토지조사사업 때문이에요.

조선시대에는 지주라 하더라도 소작인이 지주의 땅에서 경작할 수 있는 권리를 함부로 빼앗을 수 없었어요. 그러나 일제가 토지조사사업을 벌이면서 소작인의 경작권을 인정하지 않게 되었지요. 그 결과 협상력을 잃어버린 소작인들은 지주의 수탈에 억울하게 당할 수밖에 없었고, 결국 경작권을 빼앗긴 소작농들은 생활고에 내몰릴 수밖에 없었습니다. 그렇게 일자리를 잃은 소작농들은 화전민이 되거나 도시로 떠나 하층 노동자의 삶을 살아갈 수밖에 없었답니다.

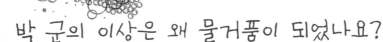

박 군의 이상은 왜 물거품이 되었나요?

김 군! 그러나 나의 이상은 물거품으로 돌아갔다. 간도에 들어서서 한 달이 못 되어서부터 거친 물결은 우리 세 생령의 앞에 기탄 없이 몰려왔다.

나는 농사를 지으려고 밭을 구하였다. 빈 땅은 없었다. 돈을 주고 사기 전에는 한 평의 땅이나마 손에 넣을 수 없었다. 그렇지 않으면 지나인의 밭을 도조나 타조로 얻어야 한다. 1년 내 중국 사람에게서 양식을 꾸어 먹고 도조나 타조를 얻는대야 1년 양식 빚도 못 될 것이고, 또 나 같은 시로도에게는 밭을 주지 않았다.

박 군의 가족은 현실적인 생활고를 해결하기 위해 간도로 갔습니다. 하지만 그들이 맞닥뜨린 현실은 이상과는 아주 달랐지요. 기회의 땅이라고 여겼던 간도의 땅들은 이미 중국인이 거의 차지한 상태였습니다. 어렵게 어렵게 땅을 찾아 떠나왔는데, 결국 그곳에서 할 수 있는 일이라고는 중국인 지주들 밑으로 들어가 그들의 소작농이 되는 것뿐이었어요. 게다가 돈만 밝히는 지주들의 횡포 또한 다를 것이 없었습니다.

땅을 빌려 농사를 짓는 대가로 지주에게 비용을 지불해야 하는데,

그러고 나면 남는 것이 없었지요. 소설에 등장하는 '도조'나 '타조'는 지대를 납부하는 방식을 말합니다. 타조는 소작인이 지주에게 땅을 빌려 농사를 짓고 그 수확물을 지주와 나누는 방식이고, 도조는 소작인이 지주에게 일정한 금액을 먼저 지불하여 농사짓는 허가를 받고 나중에 수확물을 본인이 가지는 것입니다.

언뜻 보기에 도조가 타조에 비해 좋은 것 같지만, 박 군 같은 처지의 사람들은 빚을 지고 농사를 시작해야 하기 때문에 결국 타조든 도조든 빚의 올가미에서 벗어날 길이 없었어요. 게다가 박 군처럼 농사 경험이 별로 없는 '시로도'는 그나마 소작농이 될 기회마저 없었습니다. 아마도 박 군과 비슷한 처지에 놓인 사람들이 많았을 테니, 소작농이 되기 위한 경쟁도 치열했을 거라 짐작되네요.

그렇게 '간도'를 향했던 박 군의 희망과 이상은 처참히 무너져 내릴 수밖에 없었고, 생존을 위해 더 치열하게 발버둥치며 살아가게 됩니다.

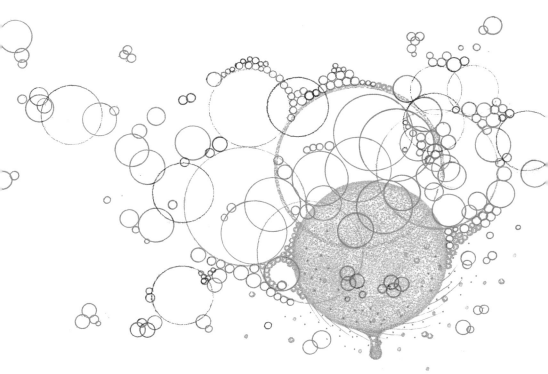

김 군은 왜 박 군의 탈가를 막으려 하나요?

　김 군! 수삼차 편지는 반갑게 받았다. 그러나 한 번도 회답치 못하였다. 물론 군의 충정에는 나도 감사드리지만, 그 충정을 나는 받을 수 없다.

〈탈출기〉의 첫머리에서 1인칭 서술자 '박 군'은 편지의 수신자 '김 군'을 호명하며 이야기를 시작해요. 김 군이 자신의 충정을 담아 보낸 몇 번의 편지에 늦게나마 답장을 하면서 감사함을 느끼지만, 김 군의 마음을 받아들을 수 없다고 말하지요.

　독자는 두 인물이 꽤 가까운 사이면서도 무언가 견해 차이를 보이고 있음을 알 수 있어요. 도대체 김 군이 담아 보낸 충정의 내용이 무엇인지, 그리고 박 군은 왜 그것을 거부하는지 궁금하지요? 작가는 곧이어 독자에게 김 군이 보낸 편지의 내용을 보여줘요.

　박 군! 나는 군의 탈가(脫家)를 찬성할 수 없다. 음험한 이역에 늙은 어머니와 어린 처자를 버리고 나선 군의 행동을 나는 찬성할 수 없다. (중략)
　조그마한 고통으로 집을 버리고 나선다는 것이, (중략) 그렇다 하

여도 나는 그것을 시인할 수 없다. 가족을 못 살리는 힘으로 어찌 사회를 건지랴.

박 군! 나는 군이 돌아가기를 충정으로 바란다. 군의 가족이 사람들 발 아래서 짓밟히는 것을 생각할 때, 군의 가슴인들 어찌 편하랴……

김 군이 보낸 편지를 간추리면 '아무리 ××단에 몸을 던져 ×선에 섰더라도 한 가정의 기둥인 가장이 조그마한 고통으로 늙은 어머니와 어린 처자를 버리고 탈가하면 가족들이 사람들에게 짓밟힐 것이니 하루바삐 가족에게로 돌아가라.' 정도로 요약할 수 있습니다.

김 군은 우선 박 군과 그의 가족의 안위를 걱정하고 있어요. 낯선 땅에서 가장도 없이 늙은 어머니와 어린 처자가 살아가는 것이 매우 가혹하다는 것을 잘 알고 있기 때문이지요. 한편으로 김 군은 박 군이 가장으로서 느끼는 고통을 '조그마한 고통'이라고 표현했는데, 이로 보아 박 군의 처지나 상황을 어렴풋이만 알 뿐 구체적이고 상세하게 알지는 못했기 때문에 탈가를 반대한 것일 수도 있어요.

마지막으로 '가족을 살리지 못하는 힘으로는 사회도 살리지 못할 것'이라는 김 군의 표현으로 보아, 가난과 궁핍의 원인이 개인만의 문제가 아닌 사회구조의 문제라는 데에까지 생각이 미치지 못하는 보수적 윤리관을 지니고 있기 때문일 수도 있어요. 불공평한 사회에서는 사회제도가 변하지 않는 한 개인이나 가족의 희망은 존재하지 않는다는 점, 사회제도의 변혁을 위해 싸우기 위해서는 ××단과 같은 사회적 집단에 몸담는 일이 필요하다는 점을 이해하지 못하고 있기 때문은 아닐까요?

　김 군과 박 군은 친한 사이지만 서로 다른 가치관을 지니고 있는 것 같아요. 처음부터 그러지는 않았을 겁니다. 박 군이 처참한 상황에 놓이면서 이를 극복하려고 최선을 다했지만, 개인의 노력으로 어쩔 수 없는 구조적 모순에 부딪혔겠지요. 이 상황에서 박 군은 '세상을 바꾸는 것'이 근본적인 해결 방법이라 결론 짓고, 이를 삶의 목표로 삼아 움직이게 되었을 겁니다.

오랑캐령과 H는 어디인가요?

두만강을 건너고 오랑캐령을 넘어서 망망한 평야와 산천을 바라
볼 때, 청춘의 내 가슴은 이상의 불길에 탔다. 구수한 내 소리와
헌헌한 내 행동에 어머니와 아내도 기뻐하였다. 오랑캐령을 올라서
니 서북으로 쏠려 오는 봄 세찬 바람이 어떻게 뺨을 갈기는지.

〈탈출기〉의 작가 최서해는 1901년 함경북도 성진군(현재 함경북도 김
책시)에서 태어나 1918년에 간도로 이주하여 유랑하다 1923년 귀국
하여 회령역에서 노동 일을 한 것으로 알려져 있어요. 1921년 7월 22
일 세 번째 아내와의 사이에서 첫딸을 서간도에서 낳았다는 기록도
있지요. 이러한 작가의 삶이 〈탈출기〉에 잘 반영되어 있습니다. 〈탈출
기〉에서 박 군은 고향을 떠나 가족과 함께 두만강을 건너고 오랑캐
령을 넘어서 '망망한 평야와 산천', 곧 간도 땅을 바라보고 있어요.

오랑캐령은 함경북도와 간도 사이에 있는 고개로, '중국 용정에 있
는 오봉산의 고갯길인 오봉령'을 가리킨다고 해요. 조선인들이 두만강
을 건너 만주 지역으로 들어가기 위해 넘어야 했던 고개지요.

회령서 두만강을 건너서 '오랑캐령'을 넘어 용정에 다다를 때까지

그네는 다른 나라의 정조를 별로 느끼지 못하였다. 용정 거리에 들어선 때는 조선 어떤 도회에 들어선 듯하였다. (중략) 간도라 하면 마적이 휘달리는 쓸쓸한 곳인 줄만 믿던 김 소사는 용정의 번화한 물색에 놀랐다. 그러나 용정을 지나서 왕청으로 들어갈 때 황막한 들과 험악한 산골을 보고는 무서운 생각에 신경이 제릿제릿하였다.

― 최서해, 〈해돋이〉에서

초기에는 조선인 이주자들 대부분이 회령에서 두만강을 건너 오랑캐령을 넘어 만주(간도)로 갔어요. 그 힘들다는 오랑캐령을 넘으면 처음으로 만나는 마을이 용정이지요. 용정으로 넘어오는 조선인들이 점점 늘어나면서 이곳은 간도를 대표하는 지역이 되었습니다. 실제 이곳은 만주에 속한 곳인데, 당시 사람들은 만주보다는 간도라는 명칭으로 더 많이 불렀다고 해요.

> H라는 촌 거리에 셋방을 얻어가지고 어름어름하는 새에 보름이 지나고 한 달이 넘었다. (중략) H장은 좁은 곳이다. 구들 고치는 일도 늘 있지 않았다. 그것으로 밥 먹기가 어려웠다.

그렇게 오랑캐령을 넘어 박 군이 자리 잡은 곳은 'H'라는 시골 마을입니다. 'H장'은 'H라는 장소'를 이르는 말이겠죠? 그렇다면 'H'는 어디를 가리킬까요? 앞에서 제시한 〈해돋이〉에 '용정을 지나 왕청으로' 들어갔다는 표현이 나오는데, 그렇다면 H는 왕청인 걸까요? 최서해의 다른 작품인 〈홍염〉에서는 주인공이 간도로 가서 정착한 곳이 '빼허(白河)'라고 했는데, 혹시 이곳은 아닐까요?

달리 생각해 보면, 작가가 군이 'H'라는 표현을 쓴 것으로 보아 용정과 가까운 곳에 위치한 '화룡', '훈춘' 같은 지역을 떠올려 볼 수도 있어요. 화룡이나 훈춘에는 민족교육을 행했던 학교들이 많았는데, 그렇다는 건 조선인들이 많이 거주했다는 말이겠죠? 그리고 그런 만큼 독립운동에 몸담고 있던 사람들도 많았을 겁니다. 박 군이 그런 사람들과 접촉하며 점점 생각이 바뀌어간 것일 수도 있겠네요.

봉오동 전투와 청산리 전투

1920년대 간도에서는 일제의 감시와 탄압이 상대적으로 느슨하여 독립 전쟁이 활발히 일어났어요. 대표적인 독립 전쟁으로 '봉오동 전투'와 '청산리 전투'를 들 수 있지요. 봉오동 전투는 1920년 6월, 홍범도가 이끄는 부대가 일본군을 봉오동 계곡 깊숙이 유인한 뒤 포위하고 공격하여 일본 정규군에 맞서 처음으로 크게 승리한 전투입니다. 또한 청산리 전투는 1920년 10월, 일본군이 봉오동 전투의 패배를 설욕하기 위해 대규모의 일본군을 이끌고 독립군을 공격하자 김좌진이 이끄는 북로군정서와 홍범도가 이끄는 대한독립군의 연합으로 일본군을 크게 물리친 전투랍니다. '청산리 전투'는 일제강점기 독립 전쟁 역사에서 가장 큰 성과를 거둔 승리였습니다.

청산리 전투에서 패배한 일본군은 1920년 10월부터 약 3개월 동안 간도의 지역민과 독립군의 유대를 끊기 위해 무차별적인 살인, 체포, 강간, 방화 등의 만행을 저질러요. 한국인을 무려 1만여 명이나 학살하는가 하면, 민가 2500여 채와 학교 30여 채를 불태웠지요. 이를 '간도 참변'이라고 합니다. 당시 용정에서 병원을 운영하던 캐나다인 선교사 마틴은 사건 다음 날 장암리에 방문했다가 이를 목격했고, 간도 참변의 참혹한 광경을 기록하여 일제의 만행을 국제 사회에 폭로하기도 했습니다.

김좌진　　　　　홍범도

1920년대 간도 이주민들은 일제의 식민 통치와 경제적 압박에서 벗어나기 위해 이주했으나, 그곳에서도 경제적 궁핍, 치안 불안, 일제와 중국 세력의 탄압 등으로 어려운 삶을 살았어요. 하지만 그들은 이를 극복하기 위해 농업, 교육, 독립운동에 힘썼으며, 간도는 조선 독립운동의 중요한 거점이 되었지요. 이주민들의 삶은 고난 속에서도 민족적 자존심을 지키며 생존하려는 투쟁의 역사로 볼 수 있답니다.

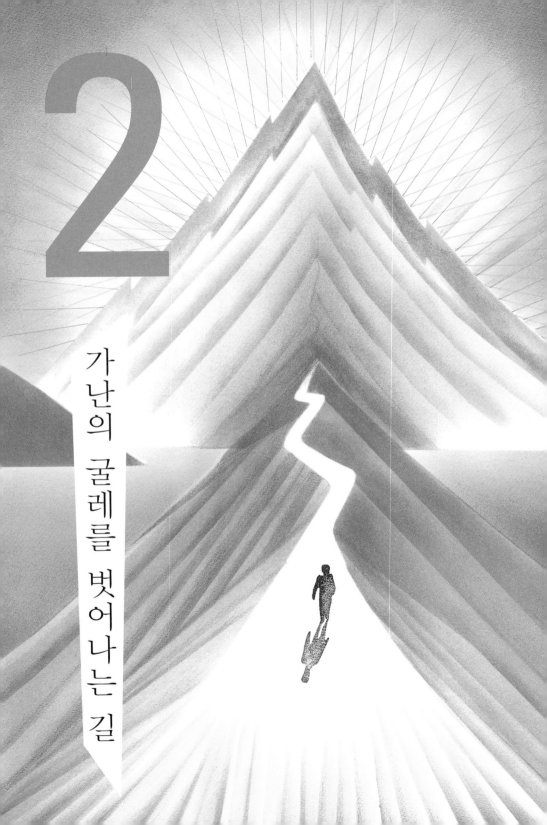

2

가난의 굴레를 벗어나는 길

온돌장이가 뭔가요?

나는 팔을 걷고 나섰다. 이리저리 돌아다니면서 구들도 고쳐주고 가마도 붙여주었다. 이리하여 호구하게 되었다. 이때 장에서는 나를 '온돌장이(구들 고치는 사람)'라고 불렀다. 갈아입을 의복이 없는 나는 늘 숯검정이 꺼멓게 묻은 의복을 벗을 새가 없었다.

박 군은 간도에서 가족을 먹여 살리기 위해 구들을 고치거나 가마솥 때우는 일을 하게 됩니다. 그러다 보니 그곳 사람들에게 '온돌장이'로 불리지요. 온돌은 '구들'이라고도 하는데, 아궁이에 불을 피워 그 불기운이 방 밑을 통과하면서 방바닥을 덥히는 우리의 전통적인 난방 방식입니다.

그런데 '구들을 고치는 것'이 정확히 어떤 일인지는 알 수 없어요. 구들이 오래되어 아궁이에서 방바닥, 굴뚝까지 이어지는 공간에 흙이나 재 등이 쌓이면 불기운이 제대로 전달되지 않거나 연기가 잘 빠지지 않는다고 해요. 그리고 방바닥 아래에 불기운이 지나가는 빈 공간이 있으니, 아마 방바닥이 내려앉는 일도 있었을 거예요. 그렇게 문제가 생긴 구들을 고치는 일이었겠죠? 그런데 옷에 '늘 숯검정이 꺼멓게' 묻어 있었다는 표현으로 봐서는 구들에 쌓인 흙이나 재를 청소

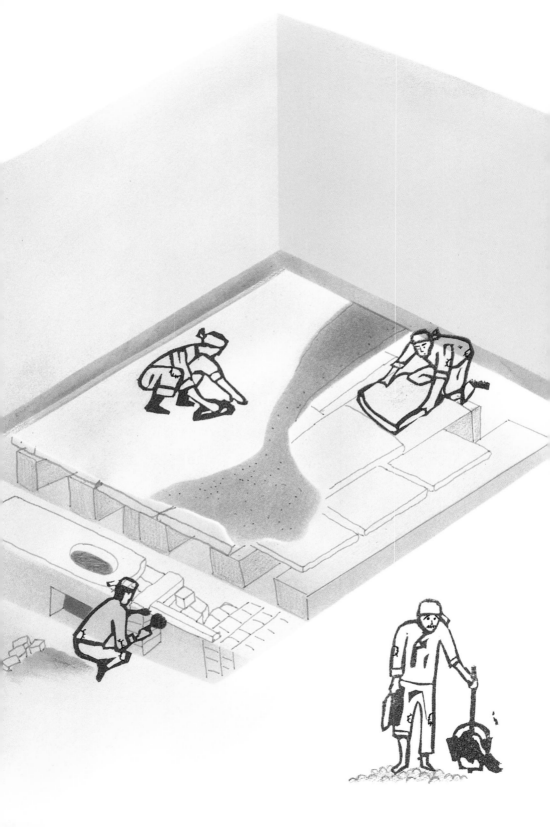

하는 일을 하지 않았을까 싶어요. 실제로 당시에 구들 청소를 전문으로 하던 사람들도 있었다고 하거든요.

예전에는 가마솥으로 밥도 하고 국도 끓이고 물도 데우고…… 여러 가지 용도로 쓰였는데, 불에 늘 달궈지다 보니 오래 쓰면 바닥 부분이 떨어져 나가 구멍이 나곤 했어요. 그러면 보통 납을 녹여 구멍 난 곳을 땜질해서 다시 썼지요. 이런 일을 하는 사람을 '솥땜장이'라고 불렀답니다. 납덩어리가 담긴 작은 도가니(쇠붙이를 녹이는 그릇)를 숯이 담긴 그릇에 넣고 불을 붙여 납을 녹이는데, 이때 숯이 잘 타게 하려면 바람을 일으켜 줘야 해요. 그러느라 박 군 옷에 숯검정이 묻었을 수도 있겠네요.

이렇게 박 군은 거뭇하게 된 옷을 갈아입을 시간도 없이 열심히 일합니다. 이뿐만이 아니에요. 박 군 가족은 온갖 '삯일'을 하며 가난과 싸워나갑니다.

나는 여름 불볕에 삯김도 매고 꼴도 베어 팔았다. 그리고 어머니와 아내는 삯방아 찧고 강가에 나가서 부스러진 나뭇개비를 주워서 겨우 연명하였다. (중략)
나는 밤이나 낮이나, 비 오나 바람이 치나 헤아리지 않고 삯김, 삯심부름, 삯나무 무엇이든지 가리지 않았다.

하지만 아무리 노력해도 생활고를 벗어나기 어려웠고, 빈곤은 더 심해져 가요. 박 군은 이런 생활 속에서 좌절하며 세상의 부조리함을 느끼지 않았을까 싶네요.

그때 간도에 귤이 있었나요?

아내가 나간 뒤에 나는 아내가 먹다 던진 것을 찾으려고 아궁이를 뒤지었다. 싸늘하게 식은 재를 막대기에 뒤져 내니 벌건 것이 눈에 띄었다. 나는 그것을 집었다. 그것은 귤껍질이다. 거기는 베먹은 잇자국이 있다. 귤껍질을 쥔 나의 손은 떨리고 잇자국을 보는 내 눈에는 눈물이 괴었다.

이 장면을 읽으며 '간도에 귤이?'라고 생각하지 않았나요? 물론 간도에서 귤이 재배된 것은 아니에요. 귤은 따뜻한 기후에서 자라는 과일이니까요. 그렇다고 간도에 귤이 없었던 것은 아닙니다. 당시 유통되던 귤은 대부분 일본에서 생산된 것이었는데, 무역상들이 배로 실어 와 철도를 통해 유통했다고 해요. 어쨌든 흔한 과일은 아니어서 아무나 사 먹을 수 있는 것은 아니었답니다.

1920년대	
귤 한 상자	1원 60전
농업 직종 월평균 임금	15~18원
쌀 한 가마니	20원

간도를 배경으로 한 안수길의 〈토성〉이라는 작품에
도 '귤'에 대한 이야기가 나오는데, 주인공의 형이 농
사짓는 일에는 관심이 없어 이런저런 장사를 하다가
귤 장사까지 했다는 내용입니다. 당시에 귤 장사로 한
몫 잡은 상인들이 있었다고 하니, 하층민 가운데도
귤 장사에 나선 사람들이 꽤 많았을 겁니다.

이 소설에서는 임신한 아내가 부엌에서 혼자 무언가를 먹다가 남편에게 들키자 재빨리 아궁이 안으로 던져버립니다. 그것은 잇자국이 선명하게 드러난 귤껍질이었어요. 박 군은 그것을 보고 눈물을 흘리는데, 이는 아내에 대한 미안함과 더불어 자신의 처지에 대한 참혹함 때문이었을 겁니다. 어찌 보면 이 소설에서 가장 슬픈 장면일 수도 있겠네요.

김 군! 이때 나의 감정을 어떻게 표현하면 적당할까?

아내를 오해한 데서 오는 미안함, 임신한 아내를 굶길 수밖에 없는 무능력한 남편으로서의 자괴감, 아내와 어머니를 위해 이 고난을 극복해야 하는 책임감……. 박 군의 심정이 참 복잡했을 것 같네요.

박 군 가족이 잘사는 방법은 없나요?

콧구멍만 한 부엌방에 가마를 걸고 맷돌을 놓고 나무를 들이고 의복가지를 걸고 하면, 사람은 겨우 비비고 들어앉게 된다. 뜬김에 문창은 떨어지고 벽은 눅눅하다. 모든 것이 후줄근하여 의복을 입은 채 미지근한 물 속에 들어앉은 듯하였다. 어떤 때는 애써 갈아 놓은 비지가 이 뜬김 속에서 쉬어버렸다.

소설 내용 가운데 두부를 쑤는 장면이에요. 여기에 그려진 묘사를 통해 이들 가족의 가난한 삶을 상상할 수 있어요. 콧구멍만큼이나 비좁아 숨 막히고 퇴락한 거주환경 속에서도 주인공과 그의 가족은 먹고살기 위해 애쓰고 있어요. 그럼 작품 전체를 통해 그려지는 박 군 가족의 모습을 한번 정리해 볼까요?

'나'는 5년 전 절박한 생활로 인해 고향을 등지고 어머니와 아내를 데리고 간도로 이주함. 이곳에서 이상촌을 건설하고 황무지를 개척하여 풍요로운 생활을 하리라는 희망을 품음.

↓

한 달이 못 되어 '나'의 이상은 물거품이 되었고, 무서운 인간고를
겪음.

└, 땅을 구할 수 없어 농사는 고사하고 일자리도
　　얻지 못함.

└, 셋방을 얻었으나 일자리를 못 얻어, 가지고 있
　　던 돈을 다 씀.

└, '나'는 닥치는 대로 일을 하고, 어머니와 아내도 남의
　　멸시를 받으며 삯일을 했으나 빈곤은 날로 심해짐.

└, 이틀을 굶은 만삭의 아내가 길바닥에서 주운 귤껍질을 아궁이
　　앞에서 몰래 먹다가 '나'에게 들키고, '나'는 참담함에 이를 악물
　　고 욺.

└, '나'는 대구어 장사를 해서 콩과 바꾸어 두부 장사를 했으나 번
　　번이 두부가 쉬어 쉰 두부 국물로 연명함.

└, 땔나무를 구하려다 산 임자에게 들켜 중국 경찰서에 잡혀가 매
　　를 맞음.

└, 지독한 빈곤에 절박함을 느끼며 가족을 죽이고 자신도 죽거나
　　강도질이라도 해야 하나 번민함.

↓

가족 모두가 뼈가 부서지도록 노력했으나
나아지는 게 없는 현실을 쳐부수기 위해
'나'는 ××단에 가입하여 ×선에 섰음을
밝힘.

'뼈가 부서지고 고기가 찢어지더라도 충실한 노력으로 살려'는 이들 가족은 왜 이렇게 지독한 가난의 굴레를 벗어나지 못할까요?

일제는 동양척식주식회사 설립, 토지조사사업 시행, 산미증식계획으로 이어지는 일련의 수탈 과정을 통해 농민들의 삶을 힘들게 만들었어요. 농사지을 땅을 빼앗기고 소작마저도 힘들어진 수십 만의 조선인들은 살길을 찾아 간도로 이주할 수밖에 없었답니다. 그러나 간도 역시 살기 힘든 건 마찬가지였어요. 중국인에게 당하는 괴롭힘은 말할 것도 없고, 빈궁한 삶을 벗어날 방법이 딱히 없었거든요.

개인이 아무리 노력해도 가난의 굴레에서 벗어날 수 없다면 어떻게 해야 할까요? 현실에 순응하며 궁핍한 삶을 이어가든가, 아니면 근본적인 해결책을 찾아야 할 겁니다. 박 군은 해결책을 찾는 쪽을 택했어요. 그것은 일제의 수탈과 일제에 부역하며 그들의 앞잡이로 잘사는 간사한 인간들의 횡포를 뿌리 뽑는 일, 더 나아가서는 나라를 되찾고 노력한 만큼 잘살 수 있는 세상을 만드는 일일 겁니다.

××단이 뭔가요?

이 사상이 나로 하여금 집을 탈출케 하였으며, ××단에 가입케 하였으며, 비바람 밤낮을 헤아리지 않고 벼랑 끝보다 더 험한 ×선 에 서게 한 것이다.

박 군이 김 군에게 보내는 답장의 끝부분에 나오는 대목이에요. 여기서 박 군은 집을 탈출해서 '××단에 가입했다고 말하네요. 그렇다면 그것의 정체는 무엇일까요?

내 자신이 체험한 사실을 토대로 쓴 것은 오로지 《조선문단》에 냈던 〈탈출기〉였다. 〈탈출기〉는 내가 불우한 환경을 한탄하고 있다가 한번 뛰기로 결심했을 때의 심정을 그대로 그려놓은 것이니, 이 한편은 나의 과거를 사랑하는 것만큼 내가 가장 사랑하는 작품이다.
    - 〈내 소설과 모델: 〈홍염〉과 〈탈출기〉〉, 《삼천리》, 1930

1919년 3·1운동 이후 일제의 탄압이 심해지면서 만주로 이주하는 독립운동가들이 확 늘어나게 돼요. 1920년에는 4,643명의 독립군이 만주로 건너갔다고 합니다. 그렇게 만주에서의 독립군 규모가 커

지게 되었고, 더불어 수많은 독립군 단체가 조직되기도 했어요. 그럼으로써 용정을 중심으로 대규모 만세운동이 전개되기도 했고, 역사적인 봉오동 전투와 청산리 전투도 벌어지죠. 그리고 일제의 대대적인 토벌 작전이 전개됩니다. 이런 일들이 모두 최서해가 만주에 있을 때 일어난 사건이에요. 당시 최서해는 그런 일들과 무관한 외부인이기만 했을까요?

'최서해 자신이 독립군이었다.'라는 주장도 있어요. 중국 상하이에 있던 일본 총영사관 경찰부에서 간행한 《조선민족운동연감》에, 1919년 12월 당시 임시정부 산하 직속기관이던 '편집과' 소속 인원을 열거하면서 '편집과장 윤석우, 서기 최학송, 출판원 임성주·박화룡'이라고 기록하고 있어요. '최학송'은 '최서해'의 본명인데, 동명이인이 아니라면 최서해가 임시정부 직속기관에 복무했었다는 증거인 것이죠.

그리고 최서해가 《신민》에 발표한 단편 〈해돋이〉(1926)에는 1920년대 항일 독립투쟁의 실상이 자세하게 묘사되어 있어요. 특히 독립군들이 대거 만주에 집결하는 상황을 재현해 보이는 장면은 이 시기 실상을 꽤 직접적이고 적극적으로 그리고 있습니다. 직접 경험하지 않고서 이렇게 생생하게 표현할 수 있을까 싶어요.

이때 만주, 시베리아, 상해 등지에서는 ×××이 벌떼같이 일어나서 그 경계선을 앞뒤에 벌렸다. 내지에서 은밀히 강을 건너 와서 ×××에 몸을 던지는 청년들이 많았다. 산골짝에서 나무를 베던 초부며 밭을 갈던 농군도 호미와 낫을 버리고 ×××에 뛰어드는 이가 많았다. 남의 빚에 졸려서 ×××에 뛰어든 이도 있었다. 자식을 ×

××에 보내고 밤낮 가슴을 치면서 세상을 원망하는 늙은이들도 있었다. ×××의 세력은 컸다. 이역의 눈비에 신음하고 살아오던 농민들은 한 푼 두 푼 모은 돈을 ×××에 바치고 곡식과 의복까지, 형과 아우와 아들까지 바쳤다. 백성의 소리는 컸다. 그 무슨 소리였던 것은 여기 쓸 수 없다.

지금까지 '××단'이 어떤 단체인지 추정해 보았어요. '대한독립군'이니 '북로군정서'니 '의열단'이니 콕 집어서 말할 수는 없지만, 그것이 독립운동을 하던 단체라는 것은 확실해요. 일제의 검열이 혹독했던 시절이라 복자(××)를 쓰고, 직접 저항하고 투쟁하는 서사를 전면에 드러내지는 못했지만, 분명 작품을 통해 항일의지를 드러내고 있어요.

나는 이러다가 성공 없이 죽는다 하더라도 원한이 없겠다. 이 시대, 이 민중의 의무를 이행한 까닭이다.
아아, 김 군아! 말은 다 하였으나 정은 그저 가슴에 넘치누나!

'일제의 강제 침탈은 우리 민족의 절대적 빈궁 문제를 초래했고, 우리 가족을 어쩔 수 없는 극한으로 내몰았으니 더 이상 참지 않겠다. 독립군으로서 일제에게 저항하며 침탈당한 국권을 되찾기 위해 기꺼이 목숨을 바치겠다.' 이런 박 군의 마음속 외침이, 그리고 최서해의 부르짖음이 들리는 것 같지 않나요?

3

경험과 허구 사이

작가의 실제 이야기인가요?

작가가 자기의 생애나 생활 체험을 소재로 하여 쓴 소설을 '자전적 소설'이라고 해요. 작가들은 자신의 체험을 바탕으로 이야기를 재창조해 낼 때가 많습니다. 그렇다고 자신이 겪은 이야기를 단순히 그려 내는 것은 아니에요. 최서해는 "사실을 근거로 하면 그 사실이 주는 압력 때문에 더 노력이 들고, 그렇기에 공상을 위주로 하며 '사실 3, 공상 7'로 소설을 쓴다."라고 말한 적이 있어요. 이렇듯 작가의 체험이 한 편의 소설이 되기 위해서는 작가의 상상력을 더해 변형하거나 재탄생시켜야 하는 것입니다.

최서해는 당시 유학생 출신의 작가들과는 달리 중학교도 다니지 못했어요. 18세부터는 간도를 유랑하며 처절한 가난을 몸으로 겪기도 했죠. 하지만 그런 경험이 최서해 작품 활동의 바탕이 되었습니다. 〈토혈〉, 〈고국〉, 〈탈출기〉, 〈백금〉, 〈해돋이〉는 모두 작가가 간도 방랑 체험을 바탕으로 쓴 자전적 소설들이에요. 그중에서 〈탈출기〉는 작가 스스로 "내 자신이 체험한 것을 토대로 쓴 것"이라고 고백한 작품인 만큼, 작가의 개인적 경험이 고스란히 반영되어 있는 소설이라고 볼 수 있어요.

작가가 어떤 삶을 살아왔는지는 그의 작품을 이해하는 데 매우 중요한 자료가 됩니다. 하지만 작가의 생애를 구체적으로 알 수 없는 경우, 우리는 그가 남긴 자전적 소설을 통해서 작가의 경험과 행적을 파악할 수도 있답니다.

서해는 간도에서 보통 사람들이 상상도 할 수 없는 고생을 한 모양이다. 어떤 때는 상투잡이가 되어 나무바리 장수도 하여보고, 산으로 나무하러 갔다가 되놈에게 붙들리어 죽을 고비도 넘겨보고, 두부장수도 하여보고, 노동판에서 십장 노릇도 하여보고, ××단에 따라다니노라고 총을 메고 눈 쌓인 얼음벌판도 헤매다가 총에 맞아 죽은 동지의 시체를 혼자서 얼음벌판에서 밤을 새워가며 지켜보기 등등.

　　　- 박상엽, 〈서해와 그의 극적 생애〉(《조선문단》 1935년 8월호)

최서해의 간도 생활은 〈탈출기〉의 주인공인 박 군의 삶과 너무도 닮았습니다. 최서해 역시 간도에서 굶주림의 고통을 경험하고, 가족을 먹여 살리지 못하는 가장이라는 무력함과 밀려드는 절망감에 절규하는 날들이 있었을 겁니다. 그리고 뫼비우스의 띠 같은 현실의 굴레를 벗어나고자 가족을 떠나 독립단에 들어갔겠지요.

1920년대에 활동한 작가들은 여유로운 환경에서 자라 일본 유학까지 다녀온 지식인층이 많았습니다. 그래서 일제의 식민지가 된 나라에서 지식인으로 느끼는 고뇌와 좌절을 그린 소설들이 등장하게 되지요. 한편으로는 가난한 사람들의 비극적인 삶에 주목한 작가들도 있었습니다. 나도향이나 현진건 같은 작가들이 가난으로 인해 비극적인 삶을 살 수밖에 없는 하층민의 삶을 보여주기도 하지요. 하지만 이들 소설에서는 하층민의 삶을 관찰하는 서술자가 등장합니다. 반면에 작가의 경험을 바탕으로 쓰인 〈탈출기〉는 1인칭 시점으로 현실의 처절함과 압박받는 민족의 설움을 생생하게 증언하고 있어요. 그렇게 최서해는 〈탈출기〉를 통해, 박 군이 겪는 고통은 한 개인의 것이 아니라 간도를 유랑하던 우리 민족이 겪어야 했던 고통이라는 것을 알려주고 있는 것이지요.

편지도 소설이 되나요?

> 김 군! 수삼차 편지는 반갑게 받았다. 그러나 한 번도
> 회답치 못하였다. 물론 군의 충정에는 나도 감사를 드리
> 지만, 그 충정을 나는 받을 수 없다.

〈탈출기〉 첫 부분이에요. 이 소설은 '김 군'의 편지에 답하
는 방식으로 이야기가 전개됩니다. 이렇게 편지를 이용해
이야기를 전개시키는 소설을 '서간체 소설'이라고 해요. '서
간'은 편지와 같은 말이에요. '편지를 이용했다'는 말은 소
설 속에 편지를 부분적으로 삽입한 것이 아니라 소설 전체
가 편지 형식을 취하고 있다는 뜻입니다.

　서간체 소설을 이해하기 위해 편지의 특징을 한번 살펴
볼까요. 여러분은 편지를 써본 경험이 있나요? 요즘은 주
로 문자 메시지나 SNS 등을 통해 소식을 전하지만, 휴대전
화나 스마트폰이 없던 시절에는 편지로 소식을 주고받곤
했답니다. 편지는 단순히 안부를 묻거나 소식을 전하는 수
단이기도 했지만, 자신의 마음을 숨김없이 드러내는 고백
의 수단이기도 했어요. 연애편지가 그런 것이죠.

서간체 소설은 연애편지의 특성과 비슷해요. 소식을 전하는 수단을 넘어 '마음을 쏟아붓기 위한 그릇'으로 활용되니까요. 우리나라에서는 1920년대에 이런 서간체 문학이 등장하게 됩니다. 최남선의 시 〈해에게서 소년에게〉, 이광수의 단편 〈어린 벗에게〉 같은 문학 작품뿐만 아니라 평론(염상섭, 김동인)에서도 편지체가 등장해요. 〈탈출기〉는 이런 문학적 흐름 속에서 탄생한 본격적인 서간체 소설이라 할 수 있습니다.

〈탈출기〉는 김 군에게 보내는 박 군의 답장이에요. 아마 김 군은 박 군에게 여러 번 편지를 보냈었나 봅니다. 박 군에게는 늙은 어머니와 어린 처자가 있는데, 김 군은 이런 가족을 버려두고 집을 나간 박 군의 행동이 이해가 안 되었을 겁니다. 김 군은 편지에다가 가족을 못 살리는 자가 어찌 사회를 구할 수 있겠느냐며 일침을 가하기도 해요.

박 군은 김 군의 편지에 답하지 않다가 어느 날 답장을 씁니다. '다른 사람에게 알리지 않고는 견딜 수 없는 충동'을 느꼈기 때문이죠. 박 군의 답장은 사랑하는 가족을 떠날 수밖에 없는 한 가장의 처절한 고백이자 당시 간도로 이주했던 수많은 조선인들이 겪어야 했던 고통스러운 현실의 기록이라 할 수 있습니다.

나는 이제 나의 탈가한 이유를 군에게 말하고자 한다. 여기에 대하여 동정과 비난은 군의 자유이다. 나는 다만 이러하다는 것을 군에게 알릴 뿐이다. 나는 이것을 군이 아니면 다른 사람에게라도 알리지 않고는 견딜 수 없는 충동을 받는 까닭이다.

편지의 형식을 빌려 쓰면 인물의 생각과 감정을 진솔하게 담아 표현할 수 있다는 장점이 있습니다. 또한 서간체 소설을 읽는 독자는 마치 인물들이 주고받는 편지를 몰래 엿보는 듯한 경험을 하게 되어, 소설의 내용이 작가가 꾸며 낸 이야기가 아니라 실제인 것 같은 느낌을 받기도 하죠.

박 군은 자신이 집을 나온 뒤 가족들이 어떤 운명을 맞을지 잘 알고 있습니다. 집으로 돌아가라는 친구의 충고에 마음이 흔들렸을 수도 있겠죠. 편지에는 그런 인간적인 갈등과 비애가 구구절절 느껴집니다.

그런데 이 편지의 궁극적인 수신인은 누구일까요? 박 군의 편지는 김 군에게 쓴 것이긴 하지만, 사실 이 편지의 수신인은 바로 소설을 읽는 독자입니다. 서간체 소설이 지닌 힘이랄까요? 1920년대에 쓰인 편지를 한 세기가 지나 받아 보는 이 독서의 경험은 어떠했나요? 독자인 우리는 박 군이 전하는 삶의 고민을, 자신이 가족을 두고 탈가를 할 수밖에 없었던 현실의 문제를 함께 고민하게 됩니다. 박 군의 선택을 두고 용서할 수 없는 행동이라고 비난할 수도 있겠지만, 박 군이 근본적으로 바꾸고 싶었던 삶의 모순을 이해하며 고개를 끄덕일 수도 있지요. 서간체 소설은 이렇듯 화자가 전하는 이야기의 진정성을 믿게 만드는 힘이 있습니다.

1920년대 우편 시스템

1920년대에는 어떻게 편지를 주고받았을까요? 1884년 우정총국이 설치되었으나 1905년 '한일통신기관협정'의 강제 체결로 일본에게 통신권을 빼앗기는 등 도입기부터 운영에 어려움이 있었어요. 우편 전달이 경제성, 신속성, 장거리 전달 등에서 인편(다른 사람이 대신 전달)보다 유리한 점은 있었으나 귀중한 물품을 안전하고 정확하게 전달하는 데 한계가 있었고, 배달 사고에 대한 불만과 비밀 유지에 대한 불안 등으로 1920년대에는 우편과 인편 전달이 상당 기간 공존했다고 합니다.

1920년대 우리의 우편 시스템은 일본의 지배 아래 운영되었어요. 일본은 우리나라를 경제적·정치적으로 통제하기 위해 교통과 통신 시스템을 정비하고 관리하려 했어요. 그 결과 우편 시스템을 개선하고 이를 통해 우편 서비스를 시작하게 된 거죠. 일제는 1905년 '한일통신기관협정'을 체결한 뒤 우편과 전신 업무를 통합했으며, 1910년 강제 병합 이후에는 일본의 우편제도를 본격적으로 도입했어요. 1920년대에는 전국적으로 우체국을 설치했고, 국내외 우편 발송도 가능하게 했습니다.

주요 도시 간에는 기차나 자동차, 도보로 우편물이 전달되었으며, 우편배달부가 각 지역을 순회하며 우편물을 배달했어요. 당시의 우편 서비스는 주로 일반 우편, 등기 우편, 엽서, 소포 등이 있었고, 각 우편물의 크기나 무게에 따라 요금이 달랐어요. 편지 한 통을 보내는 비용은 보통 3전에서 5전 정도였으며, 이는 일반 노동자의 몇 시간 치 임금에 해당하는 금액이었답니다. 따라서 주로 경제적으로 여유 있는 사람들이 아니면 이용하기 어려웠어요. 해외로 보내는 우편은 요금이 더 비쌌는데, 주로 상류층이나 해외에 유학을 간 사람들, 일본으로 이주한 조선인들이 이용했습니다.

일제는 우편물을 철저히 검열했으며, 독립운동 관련 내용이 포함된 우편물은 차단되거나 적발 시 처벌을 피하기가 어려웠어요. 또 엽서를 보내는 문화도 활발했어요. 엽서는 주로 도시 지역에서 많이 이용했고, 그림엽서나 기념엽서도 발행되어 수집품으로도 인기가 있었다고 합니다.

왜 제목이 '탈출기'인가요?

김 군! 이것이 나의 탈가한 이유를 대략 적은 것이다. 나는 나의 목적을 이루기 전에는 내 식구에게 편지도 하지 않으려고 한다. 그네가 죽어도, 내가 또 죽어도…….

〈탈출기〉의 마지막 부분입니다. 여기에서 알 수 있는 것처럼, 이 소설을 한마디로 요약하면 '나의 탈가한 이유를 대략 적은 것'이라 할 수 있어요. 그렇다면 소설 제목을 '탈가기'라고 해야 할 것 같은데, 작가는 왜 제목을 '탈출기'라고 했을까요?

먼저 두 낱말의 사전적 의미를 살펴볼게요.

- 탈가(脫家): 일정한 조건이나 환경, 구속 따위에서 벗어나기 위하여 자기 집에서 나감.
- 탈출(脫出): 어떤 상황이나 구속 따위에서 빠져나옴.

어떤가요? 차이점이 좀 드러나나요? '탈가기'라고 하면 독자들은 '가정 내에 문제가 있고, 그것으로 인해 주인공이 집을 나가게 되는 내용'이라고 받아들일 수 있을 것 같아요. 문제 상황이 '집'으로 좁혀

지고, 집에서 나가는 결말을 예상하게 되죠. 하지만 '탈출기'라고 하면 '가정'보다는 문제적 대상이 확장되는 느낌이 듭니다. 공간뿐만이 아니라 상황이나 처지 등도 탈출의 대상이 될 수 있으니까요.

박 군에게 탈출은 두 가지 의미가 있습니다. 자신이 부양하고 책임져야 할 가족이 있는 집을 나가는 것이 첫 번째입니다. 두 번째는 아무리 발버둥 쳐도 벗어날 수 없는 가난과 굶주림의 현실로부터 벗어나는 것입니다. 이 '탈출'은 현실을 벗어난다는 의미에 더해, 그러한 현실을 부정하고 그에 맞서 현실을 타개하려는 데까지 나아감을 뜻해요.

박 군은 자신이 떠난 뒤 식구들에게 닥칠 지독한 곤경을 알고 있고, 또 그것 때문에 마음이 찢기는 고통을 느낍니다. 그러나 뼈가 부서질 만큼 충실히 살아도 그들을 모욕하고 학대하는 현실은 달라지지 않았고, 개인의 힘으로는 어쩔 수 없는 한계를 절감했을 거예요. 그래서 '탈출'을 감행하고, 결연한 의지를 다지게 됩니다. 가족과 자신을 희생해서라도 이루고자 하는 그 목적을 위해서…….

신경향파 문학

'신경향파'는 1920년대 중반 이후 등장한 문예사조의 하나예요. 그 이전의 자연주의, 낭만주의 문학 경향을 비판하며 현실 사회에 대한 문제의식과 사회주의 사상을 작품 창작에 반영한 사조입니다. 프롤레타리아 문학이 뚜렷한 목적의식을 가진 정치투쟁으로 방향성을 전환하기 이전에 자연발생적으로 나타난 사회주의 경향의 새로운 문학 흐름이에요.

신경향파 문학이라는 용어는 박영희가 〈신경향파의 문학과 그 문단적 지위〉(《개벽》 1925년 12월호)에서 처음 사용한 것으로, 어떤 주의나 사상을 담고 있다는 뜻인 '경향'에 '신(新)'을 붙여서 만든 이름입니다. 1920년대 초의 문학 동인지인 《백조》, 《폐허》에서 나타난 관념주의에서 벗어나 구체적인 현실 생활에 기반을 둔 '새로운' 문학을 강조하기 위한 것으로 보입니다.

신경향파 문학은 이전의 낭만적 감상주의나 퇴폐적 유미주의 경향을 극복하고 구체적인 현실에 대한 예술적 인식을 보여줌으로써 사실주의 문학의 발전에 중요한 전환을 가져왔습니다. 그러나 사회적 불평등과 억압의 원인을 사회구조적 관점에서 형상화하지 못하고 현실에 대한 직접적인 폭로와 고발에 그친 한계를 지닙니다. 그 결과 주인공의 행동이 주로 개인적인 복수나 살인, 방화 등으로 끝나고 말지요.

신경향파 소설을 대표하는 주요 작가와 작품으로는 김기진의 〈붉은 쥐〉(1924), 박영희의 〈사냥개〉(1925), 〈전투〉(1925), 〈지옥 순례〉(1926), 이익상의 〈광란〉(1925), 최서해의 〈탈출기〉(1925), 〈기아와 살육〉(1925), 이기영의 〈가난한 사람들〉(1925), 〈농부 정도룡〉(1926), 주요섭의 〈인력거꾼〉(1925), 〈살인〉(1925) 등이 있어요. 대부분의 신경향파 소설이 살인과 방화 등으로 끝맺는 것에 비해, ×× 단에 가입하는 것으로 끝나는 〈탈출기〉에서는 좀 더 현실적인 작가 의식을 엿볼 수 있습니다.

이후 카프(KAPF)가 결성되면서 신경향파 문학은 프로문학으로 전환됩니다. 프로문학은 신경향파 문학과는 달리 사회주의 이론에 따른 미래상을 그리는 결말로 끝맺는 것이 특징입니다.

'나'가 이루려는 목적은 무엇인가요?

이때 머릿속에서는 머리를 움실움실 드는 사상이 있었다. (오늘날에 생각하면 그것은 나의 전 운명을 결정할 사상이었다.)

나는 사람들을 원망치 않는다. 그러나 마주(魔酒)에 취하여 자기의 피를 짜 바치면서도 깨지 못하는 사람을 그저 볼 수 없다. 허위와 요사와 표독과 게으른 자를 옹호하고 용납하는 이 제도는 더욱 그저 둘 수 없다.

나는 더 참을 수 없었다. 나는 나부터 살려고 한다. 이때까지는 최면술에 걸린 송장이었다. 제가 죽은 송장으로 남(식구)들을 어찌 살리랴. 그러려면 나는 나에게 최면술을 걸려는 무리를, 험악한 이 공기의 원류를 쳐부수어야 하는 것이다.

이 사상이 나로 하여금 집을 탈출케 하였으며, ××단에 가입케 하였으며, 비바람 밤낮을 헤아리지 않고 벼랑 끝보다 더 험한 ×선에 서게 한 것이다.

나는 이러다가 성공 없이 죽는다 하더라도 원한이 없겠다. 이 시
대, 이 민중의 의무를 이행한 까닭이다.

'시대적 소명'이라는 말이 있습니다. 역사가 앞으로 나아가기 위해,
우리 사는 세상이 더 나아지기 위해 '그 시대에 감당해야 할 우리의
몫' 정도의 뜻일 겁니다. 박 군이 이루려는 목적은 이 '시대적 소명'
과 맞닿아 있습니다.

1920년대 당시, 나라를 빼앗기고 삶의 터전마저 빼앗긴 민중이
가장 바랐던 것은 무엇일까요? 당연히 잃어버린 것을 되찾는 것, 그
리고 정상으로 돌아가는 것이 아니었을까요. 나아가 더 좋은 세상
을 바랐을 수도 있겠네요.

소설 속 박 군은 어떤 사상을 접하고 그것에서 깨달음을 얻은 듯
합니다. 그리고 부조리한 현실과 모순된 제도 속에서는 아무리 발버
둥치며 살아도 달라질 게 없음을 인식하게 됩니다. 그러나 가장이라
는 책임을 저버리는 것 또한 쉽지 않은 결정이라 고민이 많았을 것
같네요. 하지만 억압과 핍박 속에서 하루하루 살아가는 것은 '송장'
같은 삶이고, 거기에 저항해서 세상을 바꿀 수 있다면 이는 모두를
살리는 길임을 확신하고 '탈출'을 감행하여 ××단에 가입합니다. 박
군은 이를 '시대적 소명'으로 여긴 셈이지요.

송장처럼 살아가는 사람들을 깨우치는 일, 불합리한 제도와 부조
리한 현실을 쳐부수는 일, 일제에 맞서 국권을 회복하고 독립을 이
루는 길에 헌신하는 일. 이것이 박 군이 이루려는 목적이 아닐까요?
박 군은 그 시대 '민중의 의무'를 다하는 것이 '나를 살리고 남들을

살리는' 일이라고 생각했기에, 벼랑 끝보다 험한 길에 기꺼이 나아간
것입니다.

넓게 읽기

작품 밖 세상 들여다보기

시대

작가

작품

작가 이야기
최서해의 생애와 작품 연보, 작가 더 알아보기

시대 이야기
1920년대

엮어 읽기
최서해의 삶이 투영된 또 다른 소설들

독자 이야기
'생각 나누기' 독후 활동

독자

최서해의 생애와 작품 연보

1901(1월 21일) 함경북도 성진군에서 소작농의 외아들로 태어남. 본명은 최학
송이며, '서해'는 아호임.

1910(10세)   아버지가 독립운동을 위해 가족을 버리고 만주(간도)로 떠남.

10세 전후   어린 시절에 한문 공부를 했으며, 성진보통학교에 입학했으나
가난한 집안 형편 때문에 중퇴함.

1917(17세)   이광수의 《무정》을 읽고 감명받아, 그와 편지를 주고받으며 인
연을 맺음.

1918(18세)   이광수의 추천으로 《학지광》에 〈우후정원의 월광〉 등 시 3편을
발표함.
아버지를 찾기 위해 어머니와 함께 간도로 이주함.

1919(19세)   간도에서 첫 번째 결혼을 했으나 가난 때문에 헤어짐.
두 번째 결혼을 함.

1922(22세)   두 번째 아내가 첫째 딸을 낳다가 세상을 떠남.

1921(22세)   《창조》 제9호에 〈배따라기〉를 발표함. 《창조》는 제9호를 끝으로
폐간됨.

1923(23세)   귀국한 뒤 함경북도 회령역에서 짐 나르는 일을 함.
세 번째 결혼을 함.
'서해(曙海)'라는 이름으로 《북선일일신문》에 시 〈자신〉을 발표함.

1924(24세)   이광수의 추천으로 《조선문단》 창간호에 〈고국〉이 실리면서 등
단함.
《동아일보》에 단편 〈토혈〉을 연재함.
작가로서 성공하기 위해 가족을 두고 서울로 상경함.

1925(25세) 문학 잡지 《조선문단》을 간행하던 '조선문단사'에 입사함.
《조선문단》에 〈탈출기〉, 〈기아와 살육〉, 〈박돌의 죽음〉 등을 발표함.
세 번째 아내가 세상을 떠남.

1926(26세) 시조시인 조운의 이복 누나인 조분려(여덟 살 연상)와 네 번째 결혼을 함.
시대일보 학예부 기자를 거쳐 증외일보 학예부 기자로 들어감.
첫 단편집 《혈흔》을 출간함.

1927(27세) 《조선문단》에 〈홍염〉을 발표함.

1930(30세) 증외일보 학예부 부장을 그만두고 매일신보 학예부 부장으로 자리를 옮김.

1931(31세) 단편 〈홍염〉, 〈저류〉, 〈갈등〉을 담은 단편집 《홍염》을 출간함.

1932(7월 9일) 3월에 유문협착증(위에서 십이지장으로 연결되는 문을 '유문'이라 하는데, 이 유문의 근육이 비대해져 음식물이 통하는 문이 좁아지는 상태)으로 수술을 받았으나, 이후 출혈이 심해져 결국 32세의 젊은 나이로 세상을 떠남.

작가 더 알아보기

가난했지만 문학적 열정이 넘쳤던 소년

최서해는 1901년 1월 20일 함경북도 성진에서 태어났고, 본명은 최학송이에요. 그가 열 살 때 아버지가 독립운동을 하기 위해 만주로 떠났고, 어릴 때부터 어머니와 함께 가난한 형편에서 고생하며 자랐습니다.

그는 보통학교마저 중퇴했으나 소년 시절부터 문학에 대한 열정을 가지고 홀로 문학 수업을 해나갔습니다. 소설과 잡지 읽기를 좋아해 밤을 새워가며 읽기도 했습니다.

1917년에 이광수의 《무정》이 매일신보에 연재되었을 때는 10km가 넘는 읍내까지 걸어가 그것을 읽고 돌아올 정도였다고 해요. 이를 계기로 이광수와 편지를 주고받으며 인연을 맺게 됩니다. 1918년 이광수의 추천으로 시 세 편이 《학지광》에 실리고, 이후 《매일신보》에도 산문이 실리자 자신감을 갖고 계속 작품을 투고하기 시작합니다.

소설로 생생히 되살아난 간도의 궁핍한 삶

최서해는 1918년 어머니와 간도로 떠납니다. 아버지가 흑룡강 근처에서 독립군 활동을 하고 있다는 소문을 듣고 찾아 나선 것이었죠. 그러면서 문학 활동을 이어갈 수 없게 돼요.

당시는 일제의 탄압으로 소작을 하기가 어려워지자 고향을 떠나 간도로 이주하는 사람들이 많았어요. 최서해가 처음 정착한 곳은 소설 〈홍염〉의 배경이 되는 '빼허(白河)'라는 곳이에요. 이곳에서 중국인의 밭을 가는 소작농 생활을 여러 해 했습니다. 그가 이곳에 자리를 잡은 것은 독립군인 아버지가 양식을 걷기 위해 오지 않을까 하는 희망에서였지만, 아버지와 만나지는 못한 것으로 보입니다.

최서해는 열심히 일했지만 가뭄과 흉년으로 농사가 잘 되지 않아 중국인 지주에게 숱한 매를 맞으며 고통스러운 날들을 보냈습니다. 또한 간도에 온 다음 해에 결혼을 했으나 얼마 지나지 않아 생활난으로 아내와 헤어지게 되었고, 그 후 재혼을 했지만 몇 년 뒤에 사별을 겪게 됩니다.

나날이 나빠지기만 하는 상황들을 도저히 감당할 수 없었던 그는 결국 야반도주를 결행했으나 그 후에도 고난의 연속이었습니다. 독립군 활동에 가담했던 것도 이 시기인데, 작가 중에 실제로 독립운동을 한 사람은 몇 되지 않는다고 하네요.

이렇게 최서해는 간도에서 처절한 고통을 겪었지만 그의 정신은 되레 단단히 여물어갔어요. 이러한 경험을 〈고국〉, 〈탈출기〉, 〈홍염〉, 〈해돋이〉 등의 작품에서 생생하게 되살려 냅니다.

바다를 동경했던 최서해의 문학 활동

최서해는 한 신문사에 '서해'라는 익명으로 〈자신(自身)〉이라는 시를 투고했는데, 그해 여름 한 음악대회에서 이정숙이라는 여성이 이 시에 곡을 붙여 노래한 것이 큰 환영을 받았다는 기사가 납니다. 이에 최서해는 크게 기뻐했고, 이 일을 계기로 '서해(曙海)'라는 필명을 쓰게 되었어요. 서해는 '새벽 바다'라는 뜻인데, 그는 고향 성진에서 새벽마다 바다에 나가서 아침 해가 떠오르는 바다의 모습을 바라보며 그것을 영웅의 기품으로 여겼다고 하네요.

1924년 10월, 이광수의 추천으로 단편소설 〈고국〉이 《조선문단》 창간호에 실리면서 등단하게 됩니다. 이후 적극적으로 작품 활동을 해야겠다는 생각에 이광수에게 편지를 써, 서울로 올라가려고 하니 일자리를 주선해 달라고 합니다. 이광수는 '아직 할 만한 일이 없으니 기다리라'고 답장했으나, 최서해는 기다리지 않고 1924년 겨울에 상경하여 이광수를 찾아갑니다.

이로부터 최서해는 얼마간 이광수의 집에서 식객 노릇을 하다가 이광수의 소개로 절에 들어가 중노릇을 하며 독서와 사색으로 시간을 보내기도 해요. 그곳에서 근대 러시아 문학과 영미 문학, 독일 문학을 공부하여 세 편의 번역문을 《조선문단》에 싣기도 했습니다.

봉선사라는 절에 있던 최서해는 12월 어느 아침, 〈탈출기〉 원고를 들고 이광수의 집에 나타납니다. 두고 온 가족을 위해서라도 한시바삐 유명한 작가가 되어야 한다고 생각했기 때문이지요. 얼마 뒤 '조선문단사'에 입사하여 방인근의 자택에 머물면서 《조선문단》 편집을 도왔는데, 그러면서 문인들과 교류할 기회도 갖게 됩니다.

드디어 1925년 3월 〈탈출기〉를 《조선문단》에 발표합니다. 이 작품이 발표되고 나서 평단에서는 엇갈린 평가가 나왔으나, 염상섭과 현진건 등은 좋은 평가를 했답니다. 또한 이상화는 최서해를 막심 고리키에 견주었고, 김기진은 "그때까지의 기성 작가들이 외면해 오던 우리 민족의 저항 의식과 혁명 정신을 바탕으로 한 매우 청신한 작품"이라고 평가합니다. 같은 해 8월, 김기진의 권유로 카프(KAPF)에도 가입하게 됩니다. 계속해서 〈박돌의 죽음〉, 〈기아와 살육〉을 발표하며 문단에서 주목받는 작가로 자리매김합니다. 다음 해 12월, 11편의 단편을 모은 첫 창작집 《혈흔》을 출간하는데, 주요섭은 이에 대해 "놀라운 조선, 쫓겨난 조선, 발가벗은 조선, 고민하는 조선, 아사하는 조선과 조선인"을 그린 명편이라고 소개합니다.

　그러나 작가로서의 명성을 얻고도 그의 형편은 그리 나아지지 않았습니다. 《조선문단》이 경영난으로 폐간되자 여기저기를 전전하며 겨우 입에 풀칠하는 정도였죠. 그리고 중외일보에 입사하고도 2년 동안 한 달 치 월급밖에 받지 못해 곤궁한 생활을 벗어나지 못했고 합니다.

짧은 생을 살다 간 비운의 작가

1930년 이른 봄, 최서해는 매일신보 학예부장으로 취임하게 되었고 잠시나마 생활의 안정을 찾습니다. 신문사의 부장을 맡아 제법 넉넉한 월급을 받았으며, 문인으로서도 높은 원고료를 받는 위치에 오릅니다.

　그러나 간도에서 얻은 위병이 악화되어 위중한 지경에 이르러요. 최서해는 주머니에 늘 약을 가지고 다니면서 아플 때마다 먹었는데, 그러면서도 결코 회사를 빠지는 일은 없었다고 합니다. 하지만 결국

1932년 7월 서울 관훈동 삼호병원에 입원하고, 수술을 받기 위해 의전병원으로 옮기게 됩니다.

그가 입원실에 있을 때의 일입니다.

시인 김억이 병문안을 가니 난데없이 머리핀 하나를 보이면서 "이건 방구석에 떨어진 걸 주운 거요. 이 머리핀에 어떤 사연이 담겨 있다고 생각하오?"라고 묻습니다. 김억이 대답을 주저하자 "이 머리핀에도 반드시 사연이 있을 게요. 어떤 아내가 남편을 잃고 울다가 떨어뜨린 것이 아니면, 애인의 간호를 하다가 고단한 김에 떨어뜨린 것이나 아닐지? 내게는 꼭 그렇게만 생각되오. 이 핀에도 꼭 그믐밤 같이 어두운 이 사회의 불행한 이야기가 담겨 있을 게요. 퇴원하면 꼭 소설을 쓰겠소."라고 말했다고 합니다.

그가 소설에 대해 어떤 태도를 가지고 있었는지 잘 보여주는 기록이 또 있습니다.

글 쓸 때만은 매우 엄격한 편이다. 반드시 앉아서 쓰며, 글 쓰는 날은 일부러 저녁밥을 굶는다. 방 안을 깨끗하게 청소하고, 그 방에 아이와 아내를 못 들어오게 한다. 옆방에서 말소리나 웃음소리는 물론 떠들거나 다듬이질도 못 하게 한다. 마음이 가라앉을 때까지 고심한다. 글 써나가는 속도는 늦은 편이며, 붓을 잡고 글을 쓰는 것은 더 늦은 편이다. 썼다가 버리기를 반복하여 원고지 100매 중 60~70매는 휴지로 버린다. 단편소설은 붓을 대면 밤을 새우고 아침밥을 굶어가며 끝낸다.
  – 최서해, 〈삼천리사 주최 문사좌담회〉, 《삼천리》, 1932년 6월호

생명이 다해가는 순간에도 소설을 생각하던 그는, 그러나 다시는 소설을 쓰지 못하고 1932년 7월 9일 새벽에 32세의 젊은 나이로 눈을 감았습니다.

그는 다정다감하고 쾌활하며 의리가 강한 사람이었고, 악의가 없고 순수했다고 합니다. 그의 장례식에는 이광수, 김동인, 주요한, 염상섭, 이병기, 심훈 등 많은 문인들이 모였는데, 문인 주관으로 치러진 최초의 '문인장'이었다고 해요. 그가 죽은 뒤에도 문인들은 그를 잊지 못해 추도회를 열고 잡지에 회고 특집호를 싣기도 했습니다.

최서해는 1920년대 가난과 억압으로 고통받고 핍박받는 우리 민족의 삶을 자신의 삶을 토대로 생생하게 그려낸 작가였습니다. 또한 1924년부터 1930년대 초에 이르는 8년여의 짧은 기간 동안 한 편의 장편과 67편의 단편을 발표한 열정적인 작가였습니다.

간도의 최근 형세

윤도빈 씨가 연길에 부임해 온 이래로 조선인 독립군의 무장을 해제하고 단체를 해산하기에 노력한다고 함은 이미 여러 번 보도했는데, 요사이에도 계속하여 독립군과 싸움을 하며 살상이 많이 나고 무기와 기타 물품을 다수 빼앗은 일이 많다고 한다. 며칠 전에도 명월구에서 맹 단장이 거느린 중국 관군과 조선 독립군이 충돌하여 맹렬히 싸움을 하였는데, 독립군은 수효가 적어 마침내 퇴각하고 중국 관군은 재봉틀 다섯 개, 군복 삼백 벌, 광목 이십 필을 빼앗아가지고 돌아갔다더라. (1920)

간도 이주 격감

조선 사람이 북간도로 이주하고자 봄마다 원산을 지나 북으로 가는 수가 매년 수천 명씩 되고, 더욱이 작년에는 1월부터 3월 말일까지 원산을 통과한 사람의 총계가 4480여 명이나 되었다. 그런데 금년에는 가는 사람이 전혀 없고 도리어 간도로부터 원산을 지나 조선으로 오는 사람이 매일 오륙십 명씩 된다는데, 이것은 간도에서 마적과 배일(排日) 조선인을 피하여 돌아옴인 듯하다더라. (1921)

간도의 독립군 활동

조선 독립운동 이래로 해외에 있는 조선 동포들도 적극적으로 조선의 독립을 위해 애쓰고 있다. 군자금을 모집하고 군사 교육도 장려하며, 각처에서 조선 독립운동에 방해되는 자들은 토멸하는 등 쉬지 않고 활동 중이다. 북간도를 중심으로 한 조선 독립단체들은 작년에 일본 군대에게 토벌당한 뒤로 잠시 여러 가지 사정으로 잠잠히 있었다.

금년은 일반 민심이 평온할 뿐 아니라 농사가 잘되었으므로 조선 내지와 일본 등지에서 곡물 무역상이 들어와 각 방면에서 무역이 많이 이루어졌다. 그럼으로써 많은 금전이 융통되어, 일반 민심이 허락하는 정도까지는 군자금을 모집하여 군사를 양성하며 기타 각 지역에 사람을 파견하여 독립운동을 하게 하며, 한편으로는 조선 독립에 해를 끼치는 자는 용서 없이 박멸한다 하므로, 간도에 있는 일본 영사관 경찰서에서는 비밀리에 활동 중이라더라. (1923)

《조선문단》 창간은 이달 하순에

조선 문단의 개척자인 춘원 이광수 씨가 주관하는 '조선문단'이라는 월간 잡지는 그간 모든 준비를 다 마치고 그 창간호를 이달 하순에 발행할 것이라고 한다. 이 잡지는 특별히 문예에 뜻을 두고 글쓰기를 사랑하는 이들의 투고를 바란다고 하며, 사무소는 경성부 서대문정 일정목(지금의 광화문역과 경복궁역 일대)이라더라. (1924)

버릴 물건 긴하게 쓰는 방법

세상에는 하나도 내어버릴 물건이 없습니다. 모아두면 다 쓰는 것이요, 잘 쓰면 사람에게 유익한 일이올시다. 이제 폐물 이용하는 법을 대강 말씀드리겠습니다. 감 껍질은 깨끗하게 모아두었다가 김장 때 짠지를 담을 때에 무랑 같이 소금을 뿌려두었다가 봄에 꺼내 잡수시면 짠지 맛이 퍽 향기롭습니다. 귤 껍질이나 밀감 껍질은 말려서 모아두었다가 여름에 모깃불로 쓰는 것은 일반이 다 아는 바이지만, 이것을 목욕물에 넣어서 함께 끓이면 냄새가 훌륭한 밀감탕이 됩니다. 그리고 손발이 늘 찬 사람이나 찬 기운 때문에 병이 생긴 사람이 이 물에 목욕을 하면 가장 효력을 많이 볼 수 있습니다. 또 귤 껍질을 배 껍질, 사과 껍질과 함께 섞어서 물을 붓고 끓이면 신기한 맛을 내는 훌륭한 차가 됩니다. 물론 설탕을 쳐서 먹어야 됩니다. 그리고 귤 껍질에다가 후추나 생강을 조금 넣고 끓이면 더욱 좋습니다. (1924)

조선의 산미증식

조선은 쌀의 나라다. 조선 사람은 쌀을 주식으로 할 뿐 아니라 쌀을 팔아 입고 쌀을 팔아 쓰고 하는 농민이 대부분인 까닭에 쌀 문제만큼 조선 사람의 이목을 끄는 문제는 없을 것이다.

그런데 조선총독부에서는 산업제일주의 정책의 첫 소리로 조선 산미증식계획을 실행하리라 한다. 물론 이것은 역대 총독의 간판 정책이 되어 있었다. 그러므로 새로운 정책이라고 할 수는 없으나, 하여튼 이전과 다소 다른 면모가 있을 것은 가히 짐작할 수 있다.

오늘날 조선을 경제적 궁상에서 건져내려는 계획을 세우려면 조선 산업의 중심인 쌀 생산에 치중하는 것이 당연하다. 그러나 이 산미증식계획으로 말미암아 늘어나는 쌀이 오직 일본제국의 식량 문제를 해결하기 위함에 그 근본 취지가 있는 것은 이제 새삼스럽게 지적하고 비난할 필요가 없는 문제이지만, 이제 그 소위 신계획의 의도를 엿보건대, 소작농까지를 일본 이민으로써 하겠다는 것이 명료한 사실이다. 그러면 소위 산미계획이 조선인의 생존과 발전을 도모하는 데 무의미할 뿐 아니라 도리어 조선인의 생존과 발전을 위협하는 것임을 당국자는 고려함이 있는가 없는가? 나는 이 계획의 전도에 주목을 게을리하지 않을 것이다. (1924)

행운의 서간, 해주에 유행

'그대가 이 편지를 받거든 24시간 이내에 각각 열 사람에게 이 편지를 전하라. 그리하면 9일 이내에 반드시 행운을 얻을 것이다.'라는 의미가 기재되어 있는 서간이 해주에도 오게 되었다. 이 편지를 받은 사람은 대개 관청 또는 기타에 근무하는 사람들, 해주군청 류모 씨를 비롯하여 ○○○부의 안모 씨, 기타 수십 명에 달하는 모양이다. 이에 대하여 해주경찰서 주임은 말하되, "이것은 경찰법 처벌령 위반으로, 이와 유사한 서간을 받을 때에는 곧 경찰서로 넘기고, 만약에 그 문구와 같이 열 사람에게 서간을 보내는 때에는 곧 조사하여 처벌하리라." 하였더라. (1926)

무산 문예가의 창작적 태도

프로 작가의 창작적 태도는 어떠하였는가? 하나의 작품을 쓰는 데에도 반드시 그 작품의 내용이 무산 계급의 비참한 생활을 그리거나 무산자가 유산자에게 반항하는 사실을 그리거나 또한 부르주아의 횡포한 행동에 극도로 흥분되어 그 작품의 주인공이 결국 사람을 죽이고 말게 된다. 이 외에 또 다른 내용이 있었다면 계급의식을 고취하기에 힘을 썼다.

최서해의 작품 〈탈출기〉는 프롤레타리아의 빈궁을 가장 심각하게 표현한 작품이었다. 〈기아와 살육〉은 제목과 같이 기아와 싸우는 주인공이 무의식중에 여러 사람을 살육하는 데까지 이르는 경로를 그린 그야말로 자연발생적 작품이었다. 또한 최근의 작품인 〈홍염〉으로 말하면 자연발생기에 있어서 최후의 작품인 동시에 대표작이라고 인증하지 않을 수 없을 만치 무게 있는 작품이었다. (1927)

滿洲朝鮮 日本

오는 사람은 누구며 가는 사람은 누구냐?

(1927)

간도 동포의 생활난

언제까지든지 노예적 생활을 지속하지 않을 수 없는 것이 어찌지 못할 현실이다. 그런데 작년 같은 흉작은 간도 개척 이래로 처음 있는 대흉작이었다. 그날그날의 생활을 근근이 유지하던 농민의 다수는 또다시 북만주로, 노령 연해주 방면으로 흩어져 이주하게 되었으며, 마을마다 설립된 학교도 중지가 아니면 문을 닫았다는 슬픈 소식만 들리고, 산업가는 파산, 식자 계급은 취직난……. 이러한 아우성은 날이 갈수록 높아간다. 그러나 당국자는 대책을 고려하지 않고 사회 역시 모른 척하니, 불쌍한 그들은 또다시 방랑의 길을 떠나 절망적인 운명을 맞이하고 말 것인가? 이것이 어찌 이천만 조선 민중의 통한스러운 일이 아니겠는가.

뜻있는 형제들이여, 맹렬히 떨쳐 일어나 정신으로 물질로 각각 있는 능력을 다하여 죽음의 선상에서 방황하는 수많은 간도 동포에게 한마디 위안의 말과 한 덩이 빵이라도 제공하여 모름지기 민족애를 발휘하라. 이 어찌 같은 혈통을 받은 민족으로서 본의(本意)를 다함이 아니랴. (1928)

최서해의 삶이 투영된 또 다른 소설들

'남부여대(男負女戴)'라는 말을 들어보았나요? 가난한 사람들이 짐을 지고 이리저리 떠돌아다니는 모습을 표현한 고사성어입니다. 1920년 대 당시 조선을 떠나 간도 지역을 떠돌아다니던 유랑민들을 표현하기에 적합한 표현이지요.

최서해는 남부여대로 떠돌던 자신의 체험을 바탕으로 간도 지역에 살던 가난한 사람들의 삶을 사실적으로 그린 작가입니다. 그의 소설은 오늘날 우리에게 점점 잊혀가는 간도라는 역사적 공간을 배경으로 가난한 하층민의 삶을 생생하게 증언하며 독자에게 묻습니다. 우리는 억압당하는 현실에 어떻게 저항할 수 있는지를, 어떻게 살아가는 것이 인간다운 삶인지를.

1. 〈홍염〉(1927)

이 작품은 고향을 등지고 '빼허'라 불리는 서간도 산골을 찾아들어 살아가던 문 서방네 가족이 겪는 비극적인 사건을 다루고 있습니다. 〈탈출기〉와 함께 최서해의 대표작으로 꼽히지요.

'홍염'이라는 제목이 지닌 강렬한 불꽃 이미

지와는 달리 이 작품은 거친 눈보라로 시작합니다.

> 눈보라는 북국의 특색이라 빼허의 겨울에도 그러한 특색이 있다.
> 이것이 빼허의 생령들을 괴롭게 하는 것이다.
> 오늘도 눈보라가 친다.

이 소설의 공간적 배경이 되는 북국의 '빼허'는 서간도 지역의 한 산골 마을입니다. 소설의 첫 장면부터 몰아치는 이 거친 눈보라는 간도에서, 중국인 지주 밑에서 가난과 굶주림과 횡포에 시달릴 수밖에 없었던 조선인 소작농들의 힘겨운 현실을 상징적으로 보여줍니다.

주인공 문 서방이 사는 빼허는 산과 강 사이에 자리 잡은 촌락으로 비옥한 땅이 있는 곳이 아니라 험악한 산골 마을이지요. 이 마을에 겨우 다섯 집이 밭을 따라 여기저기 흩어져 살고 있습니다. 모두가 남부여대로 고향을 떠나 서간도로 찾아든 조선인들입니다. 가깝게는 함경도에서 건너온 사람부터 문 서방처럼 멀리 경기도에서 온 사람들까지, 모두 먹고사는 문제를 조금이라도 해결하기 위해 고향을 떠나온 사람들이었지요. 하지만 그들의 기대와는 달리 서간도에서도 그들의 삶은 나아질 수 없었습니다.

> 언제나 이놈의 소작인 노릇을 면하여 볼까? 경기도에서 소작인 십 년에 겨죽만 먹다가 그것도 자유롭지 못하여 남부여대로 딸 하나 앞세우고 이 서간도로 찾아들었더니 여기서도 그네를 맞아주는 것은 지팡살이였다. 이름만 달랐지 역시 소작인이다. 들어오는

해는 풍년이었으나 늦게 들어와서 얼마 심지 못하였고 그 이듬해에는 흉년으로 말미암아 일 년 내 꾸어먹은 것도 있거니와 소작료도 못 갚아서 인가에게 매까지 맞고 금년으로 미뤘더니 금년에도 흉년이 졌다. 다른 사람들도 빚을 지지 않은 바가 아니로되 유독문 서방을 조르는 것은 음흉한 인가의 가슴속에 문 서방의 딸 용례(금년 열일곱)가 걸린 까닭이었다.

문 서방은 중국인 지주 '인가'의 땅을 빌려 지팡살이를 시작하는데, 농사를 지을수록 빚만 늘어갑니다. 소설을 통해 보듯이 당시 지주는 소작농이 소작료를 내지 못하면 매질을 하는 경우도 있었고, 빚을 내세워 가족을 빼앗아 가는 경우도 있었습니다. 이렇듯 당시 간도 지방에서는 중국인 지주와 조선인 소작농들 사이에 철저한 계급 관계가 형성되어 있었습니다. 지주가 소작농의 아내나 딸을 강제로 데려가거나 겁탈하더라도 빚에 예속된 소작농들은 악랄한 중국인 지주에게 저항하지 못하는 비굴한 삶을 살아야 했던 것이지요.

1909년 청나라와 일본 사이에 이루어진 간도협약으로 간도 땅이 중국으로 귀속되자 중국인들의 횡포는 더욱 심해졌어요. 1910년대 간도 이주민들의 삶을 보여주는 〈조선총독부의 간도 시찰 보고서〉에 따르면 중국인 지주의 횡포에 대한 기록이 구체적으로 나옵니다.

한인들은 산간벽지라도 지아비와 아내가 같이했는데, 중국인은 거의 홀로 이동해 집에 돌아오지 않은지 수년이 되는 자가 적지 않다. 노동자도, 지주도 그러하며 순찰 관리 역시 그렇다. 여기에서

지주는 한인에게 은혜를 베푼다며 종자, 농구, 식료를 대여해 주고
이를 갚지 못하면 처녀를 대물변제로 공출케 한다. 이와 같은 악
풍은 장백부 지역에 특히 심하다.

대물변제란 쉽게 말해 돈 대신 다른 물건으로 빚을 갚는다는 뜻인
데, 중국 지주들이 한인 처녀를 대물변제의 수단으로 삼았다니 악랄
하기 그지없습니다. 〈홍염〉은 이러한 현실을 생생하게 반영하고 있어
요. 음흉한 중국인 지주 인가는 문 서방의 빚을 독촉하며 그의 열일
곱 살 난 딸 용례를 강제로 끌고 가버립니다. 소설 속에서 억센 장정
인가에게 티끌같이 끌려가는 용례의 모습을 지켜보던 마을 사람들
은 누구 하나 나서서 말리지 못하지요. 낯빛이 파랗게 질릴 뿐 얼마
안 되는 땅을 떼일까 두려운 사람들은 모두 시체같이 서 있을 수밖
에 없었습니다. 작가는 이러한 냉혹한 현실의 한 장면을 놓치지 않았
지요.

딸을 빼앗긴 뒤 문 서방의 아내는 병을 얻어 드러눕게 되고, 문 서
방은 아내가 죽기 전에 딸의 얼굴을 한번 보게 해달라는 부탁을 하
러 인가의 집을 찾아가지만 매정한 인가는 허락하지 않습니다.

문 서방의 아내가 끝내 용례의 얼굴을 보지 못하고 검붉은 피를
한 말이나 토하고 죽던 날 밤에 요란한 바람이 불었습니다. 밤새 문
을 들이치는 거센 바람은 사랑하는 딸의 신세를 한탄하며 애통해하
는 문 서방 내외의 한 맺힌 절규를 대변하듯 이튿날도 거세게 이어집
니다. 그리고 그 회오리바람 속에서 문 서방은 인가네 집에 몰래 숨
어 들어가 불을 지릅니다.

"푸우 우루루루루 쐬아……."

동풍이 몹시 이는 때면 불기둥은 서편으로, 서풍이 몹시 부는 때면 불기둥은 동으로 쓸려서 모진 소리를 치고 검은 연기를 뿜다가도 동서풍이 어울치면 축융[火神(화신)]의 붉은 혓발은 하늘하늘 염염이 타올라서 차디찬 별, 억만년 변함이 없을 듯하던 별까지 녹아내릴 것같이 검은 연기는 하늘을 덮고 붉은빛은 깜깜하던 골짜기에 차 흘러서 어둠을 기회로 모여들었던 온갖 요귀를 몰아내는 것 같다.

이 불길을 바라보며 문 서방은 비로소 자신의 가슴에 응어리진 슬픔과 분노를 잠시 잊고 시원스레 한바탕 웃을 수 있었지요. 그리고 불길을 피해 뛰쳐나온 인가를 죽이고 딸 용례를 만나 품에 안았습니다. 문 서방이 느끼는 기쁘고 시원한 마음에 대해 작가는 이렇게 덧붙입니다.

> 그 기쁨! 그 기쁨은 딸을 안은 기쁨만이 아니었다. 작다고 믿었던 자기의 힘이 철통같은 성벽을 무너뜨리고 자기의 요구를 채울 때 사람은 무한한 기쁨과 충동을 받는다.

문 서방이 살인과 방화라는 방법으로 자신의 분노를 표출하는 작품의 결말 때문에 이 소설이 독자들에게 비판을 받기도 했어요. 하지만 이러한 현실 속에서 가진 것 없는 개인이 할 수 있는 다른 선택이 과연 있기는 한 걸까요? 세상이 바뀌지 않는 한 문 서방네의 비극은

계속 반복될 수밖에 없을 거예요. 붉은 불길에 모든 악한 것들을 활활 태워버리고 싶은 문 서방의 마음은 독자에게 고스란이 전달됩니다. 살을 에던 차가운 눈보라로 시작하던 소설은 이렇듯 뜨거운 불길로 끝이 납니다.

2. 〈기아와 살육〉(1925)

주인공이 현실에 대한 분노를 극단적으로 표출하는 소설 중에 〈기아와 살육〉이라는 작품이 있습니다. 이 소설의 주인공 경수 역시 어머니와 아내와 딸을 데리고 간도로 이주한 인물입니다. 〈탈출기〉의 박 군과 처지가 매우 비슷하지 않나요?

　〈기아와 살육〉의 첫 장면은 주인공 경수가 산 주인 몰래 나뭇짐을 해 오는 것입니다. 추위와 가난에 찌든 가족을 위해 그가 할 수 있는 일은 나뭇짐을 지어다 옮기는 것뿐이었지만 이마저도 산 임자에게 들키는 날에는 파출소로 끌려가 몰매를 맞아야 했지요. 〈탈출기〉에서 박 군과 아내가 산 임자의 시선을 피해 나뭇짐을 짊어지고 도망치듯 내려오는 장면이 기억나지요?

　경수는 고향에서 중학교까지 마쳤고 서양 소설도 제법 읽은 지식인 출신이지만 식민지 조국의 현실 속에서는 가난을 면할 길이 없어요. 경수의 한탄을 들어볼까요.

　'흥! 공부를 하고도 먹을 수 없어서 더 궁항에 들게 되니, 이게 내

허물인가? 일을 하잖는다구? 일! 무슨 일? 농촌으로 돌아든대야 내게 밭이 있나, 도회로 나간대야 내게 자본이 있나? 교사 노릇이나 사무원 노릇을 한대야 좀 뽀로통한 말을 하면 단박 집어세이고…… 그러면 나는 죽어야 옳은가? 왜 죽어? 시퍼렇게 산 놈이 왜 그저 죽어? 세상에 먹을 것이 없나? 입을 것이 없나? 입을 것 먹을 것이 수두룩하지! 몇 놈이 혼자 가졌으니 그렇지! 있는 놈은 너무 있어서 걱정하는데 한편에서는 없어서 죽으니 이놈의 세상을 그저 두나?'

경수는 이렇게 도쳐 생각할 때면 전신의 피가 막 끓어올라서 소리를 지르고 뛰어나가면서 지구 덩어리라도 부숴놓고 싶었다. 그러나 미약한 자기의 힘을 돌아보고 자기 한 몸이 없어진 뒤의 식구(자기에게 목숨을 의탁한)의 정상이 눈앞에 선히 보이는 듯할 때면 '더 참자!' 하는 의지가 끓는 감정을 눌렀다.

경수는 분노가 끓어오를 때면 모든 인류가 다 같이 살아갈 운동에 몸을 바치자고 결심하고 집을 뛰쳐나가고 싶다가도 자신에게 생계를 의탁하는 가족들을 생각하면 차마 용기를 내지 못합니다.

경수에게는 아픈 아내가 있습니다. 자신을 따라 수천 리 타국에 와서 굶주리고 헐벗다가 병이 나서 드러누운 아내에게 가난한 가장 경수는 약 한 첩 제대로 지어줄 수가 없습니다. 엎친 데 덮친 격으로 경수의 늙은 어머니는 앓아누운 며느리를 먹이려고 머리채를 팔아 식량을 구해 오다가 중국인이 키우는 개에게 물려 살점이 떨어져 나가며 혼절합니다.

쓰러진 어머니와 굶주린 딸, 병으로 괴로워하는 아내, 그리고 매정하게 돌아서는 사람들 속에서 경수는 무서운 악마를 보는 환상에 시달립니다.

경수는 머리가 띵하였다. 그는 사지가 경련되는 것을 느꼈다. 그의 가슴에는 연(鉛) 덩어리가 쑤심질하는 듯도 하고, 캐한 연기가 팽팽 도는 듯도 하고, 오장을 바늘로 쏙쏙 찌르는 듯도 해서 무어라 형언할 수 없었다. 갑자기 하늘은 시커멓게 흐리고 땅은 쿵쿵 꺼져 들어간다. 어둑한 구석구석으로부터는 몸서리치도록 무서운 악마들이 뛰어나와서 세상을 깡그리 태워버리려는 듯이 뻘건 불길을 활활 내뿜는다. 그 불은 집을 불사르고 어머니를, 아내를, 학실이를, 자기까지 태워버리려고 확확 몰켜온다. 뻘건 불 속에서는 시퍼런 칼을 든 악마들이 불끈불끈 나타나서 온 식구들을 쿡쿡 찌른다. 피를 흘리면서 쓰러져 가는 식구들의 괴로운 신음 소리는 차마 들을 수 없이 뼈까지 저민다. 그 괴로워하는 삶을 어서 면케 하고 싶었다.

현실의 고통이 만든 환영 속에서 경수는 어머니와 아내와 사랑하는 딸의 고통을 끝내기 위해 칼을 듭니다. 죽음만이 구원이 될 수 있었을까요? 경수는 밖으로 뛰쳐나오며 외칩니다. 복마전 같은 이놈의 세상을 부수자고! 그는 마침내 중국 경찰서를 부수러 찾아갔다가 결국 총에 맞아 죽게 됩니다.

극도의 가난과 처참한 현실을 벗어나기 위해 〈홍염〉이나 〈기아와 살육〉의 인물들은 방화나 살인 같은 극단적인 행동을 보이기도 하고, 〈탈출기〉의 박 군처럼 가족을 남겨둔 채 세상을 바꾸려는 독립단에 들어가기도 합니다. 〈홍염〉의 문 서방이나 〈기아와 살육〉의 경수가 현실에 맞서 개인적 차원에서 저항하는 처절한 몸짓을 보였다면 〈탈출기〉의 박 군은 독립단에 들어가 좀 더 조직적이고 사회적 차원에서 세상을 바꾸려고 노력했던 인물이라고 볼 수 있겠네요.

'생각 나누기' 독후 활동

소설 속 박 군의 선택(탈가)에 대하여 어떻게 생각하나요?

개인적으로 박 군의 탈가는 가족에 대한 책임감이 부족한 선택이었다고 생각한다. 아내와 어머니, 어린 자식은 박 군 없이 남겨져 잘 살 수 있다고 생각하지 않는다. 어머니는 나이가 많고 아이는 아직 어리다. 해산한 지 얼마 안 된 아내는 힘들어한다. 박 군이 있어서 두부 장사를 하거나 나무를 해서 그나마 하루하루를 살아간 것인데, 남겨진 가족들은 이제 생계를 이어가기가 어려울 것 같다. 박 군이 가족을 더 생각했어야 한다고 생각한다. (황○○)

나는 소설 속 박 군의 선택은 무책임하다고 생각한다. 아내는 임신한 상태고, 간도로 이주한 것 또한 박 군의 주장에 의해 이동한 것이었다. 그런데 갑자기 남을 위해 살았던 송장이라며 자기 연민에 빠진 채 탈가를 선택한 것은 무책임할 뿐만 아니라 이기적이기까지 하다는 느낌이 들었다. (서○○)

나는 박 군의 선택이 무책임하다고 생각한다. 당시의 불합리한 사회구조로 인하여 사회주의 단체에 가입하여 뜻을 이루고 싶었을 마음도 이해하지만, 가족의 생계를 책임지지 않고 탈가해 버리는 것은 가족들에게 못 할 짓이라고 생각한다. 심지어 아이도 있는 상황이었기 때문에, 박 군의 선택이 더욱 좋지 않게 느껴진다. (김○○)

박 군의 탈가에 대해 이해는 가지만 나라면 하지 않을 것 같다. 박 군이 탈가를 선택한 것은 단순히 물리적 이동을 넘어서, 자유와 독립에 대한 깊은 갈망을 나타낸다. 그는 억압적인 사회적 환경에서 벗어나 자신의 이상을 실현하고자 하는 강한 의지를 보인다. (송○○)

박 군이 결국 혁명에 동참하기로 결정한 것은 멋있다고 생각한다. 하지만 박 군은 어쨌건 가장이다. 먹여 살려야 할 어머니, 아이, 그리고 아내가 있다. 그들과 상의도 하지 않고 그들에 대한 책임을 버린 채 단체에 동참하기로 한 것은 가족을 이끄는 가장으로서 부적절한 행동이었다고 생각한다. (홍○○)

가장으로서는 실격이지만, 박 군의 깨달음은 옳았다고 생각한다. 성실하게 노력했음에도 불구하고 계속해서 빈곤하고 비참한 생활이 이어졌던 것은 박 군 개인의 문제가 아닌 사회의 구조적 모순, 제도 등 사회 전체의 문제였다. 근본적인 문제를 해결할 수 없다면 그로 인해 생기는 문제 또한 해결할 수 없다. 그러므로 박 군은 세상을 바꾸기 위하여 탈가를 감행한 것이다. 그렇기에 나는 박 군의 선택이 가족들에게는 원망스러웠을지 모르나 사회를 바꾸기 위해 나선 적극적인 태도라고 생각한다. (조○○)

박 군이 가족을 버리고 탈가한 것은 무책임한 행동으로 보일 수도 있다. 그러나 박 군은 세상을 바꿔 노동자들과 농민들도 잘살 수 있는 사회를 만들기를 원했다. 나는 박 군이 오히려 세상을 위해 희생하며 책임 있는 행동을 했다고 생각한다. 나는 자신의 가족보다는 신념이 우선이었던 박 군의 생각을 존중한다. 또한 어떻게든 가난을 탈출하려고 했던 박 군의 저항적 의지를 높게 사고 싶다고 생각했다. (김○○)

작가가 소설의 제목을 '탈가기'가 아닌 '탈출기'라 이름 붙인 까닭은 무엇일까요?

제목이 탈가기가 아닌 탈출기인 이유는, 집으로부터의 탈출에 더해 부조리하고 모순적인 세상으로부터 벗어난다는 의미도 있기 때문이다. 작가는 주인공 박 군의 의식 세계에 자신을 투영하였다. 그러므로 제목에 처절한 세상으로부터 탈출하고 싶다는 작가의 소망이 드러난 것 같다. (조○○)

'탈가'는 단순히 '집을 나간다'라는 뜻을 가진다. 하지만 박 군의 탈가는 단순히 집이라는 공간을 나가는 것보다 더한 의미를 갖는다고 생각한다. 박 군은 열심히 일하고 노력해도 변하지 않는 사회와 일제와 그에 부역하는 사람들의 억압, 가난한 사람은 설 곳이 없는 사회제도 등에 짓눌린 매일의 생활에서 '탈출'한 것이다. 자신을 옥죄던 것에서 도망쳤기 때문에 탈가보다는 탈출이 더 어울리는 제목이라 생각한다. (황○○)

탈가는 '일정한 조건이나 환경, 구속 따위에서 벗어나기 위하여 자기 집에서 나감', 탈출은 '어떤 상황이나 구속에서 빠져나옴'으로 정의된다. 그러므로 탈출은 탈가보다 더 큰 범주에 속하는데, 탈가 자체는 박 군이 ××단에 들어가기 위해 집을 나간 것을 의미한다. 하지만 탈출은 가난을 극복하기 위해 자신의 고향에서 간도로의 탈출과 사회를 변화시키기 위해 가족으로부터 ××단으로의 탈출 두 가지를 의미한다. 제목을 '탈출기'로 지은 이유는 단순히 집으로부터 나간 것이 아닌 사회적인 문제에서 벗어나고자 하는 의지를 담기 위해서이다. (안○○)

참고 문헌

도서

곽근, 《최서해의 삶과 문학 연구》, 푸른사상, 2014.
신춘호, 《최서해: 궁핍과의 문학적 싸움》, 건국대학교출판부, 1994.
이이화, 《이이화의 한국사 이야기 20 – 우리 힘으로 나라를 찾겠다》, 한길사, 2015.
전국국어교사모임, 《최서해를 읽다》, 휴머니스트, 2021.

연구 논문

박현수, 〈소설에 나타난 식민지 조선의 물가 – 음식 가격을 중심으로〉, 《대동문화
　　　　연구》 121호, 성균관대학교 대동문화연구원, 2023.
양윤모, 〈해방 이전 한국 근대 잡지의 전개 과정 연구 – 문예지를 중심으로〉, 《한
　　　　국융합인문학》 4권 3호, 한국인문사회질학회, 2016.
전병용, 〈한국 우편 전달의 정착 양상 고찰〉, 《동양고전연구》 73호, 동양고전학회,
　　　　2018.
천춘화, 〈한국 근대소설에 나타난 만주 공간 연구〉, 서울대 박사학위논문, 2014.

선생님과 함께 읽는 **탈출기**

1판 1쇄 발행일 2025년 3월 24일

지은이 서울국어교사모임

발행인 김학원
발행처 (주)휴머니스트출판그룹
출판등록 제313-2007-000007호(2007년 1월 5일)
주소 (03991) 서울시 마포구 동교로23길 76(연남동)
전화 02-335-4422 **팩스** 02-334-3427
저자·독자 서비스 humanist@humanistbooks.com
홈페이지 www.humanistbooks.com
유튜브 youtube.com/user/humanistma
페이스북 facebook.com/hmcv2001 **인스타그램** @humanist_insta

편집책임 문성환 **편집** 윤무재 **디자인** 반짝공 **일러스트** 양순옥
용지 화인페이퍼 **인쇄** 청아디앤피 **제본** 민성사

ISBN 979-11-7087-309-9 44810